少儿围棋
初级教程

陆锦强　金敏伟　高铁宏　著

世界图书出版公司

广州·上海·西安·北京

图书在版编目(CIP)数据

少儿围棋初级教程 / 陆锦强，金敏伟，高铁宏编著.
—广州：广东世界图书出版公司，2006.12
ISBN 7-5062-8576-2

Ⅰ.少… Ⅱ.①陆…②金…③高… Ⅲ.围棋—少年读物
Ⅳ.G891.3-49

中国版本图书馆 CIP 数据核字(2006)第 119483 号

少儿围棋初级教程

出版发行：广东世界图书出版公司
　　　　　（广州市新港西路大江冲 25 号　邮编：510300）
电　　话：020-84451969　84460408
http：//www.gdst.com.cn
E-mail: pub@gdst.com.cn
经　　销：各地新华书店
印　　刷：广州东瀚印刷有限公司
版　　次：2006 年 12 月第 1 版　2006 年 12 月第 1 次印刷
开　　本：850mm × 1168mm　1/32
印　　张：5.75
字　　数：150 千
ISBN 7-5062-8576-2/G・0198
出版社注册号：粤 014
定　　价：23.00 元

如发现有印装质量问题，请与本公司联系退换。

前　言

　　围棋是我国传统的文化遗产之一，有着悠久的历史，而当今围棋在亚洲乃至全球都有大量的爱好者。围棋是一项开发智力、增强思维能力、锻炼意志、修心养性的趣味运动。研究表明，经过至少 2 年以上系统的围棋训练，能显著提高少儿的思维深度和注意力持续集中的时间。这意味着孩子能够事半功倍地轻松面对未来的学习和压力，而且还能成为其一生享用不尽的资本。

　　围棋之所以有这样的效果，是和其自身的特点密不可分的，用"变化无穷"来形容围棋的变化应该是最贴切的。即使使用当今最先进的电脑（以电脑的性能每 18 个月提高 1 倍的"摩尔定律"来看，2008 年的电脑计算速度将可达到 1 000 万亿次/秒），仍难以运算出围棋在一局棋中，理论上可能产生的全部变化。

　　围棋的棋盘由纵横各 19 路所形成的 361 个交叉点组成，而每个交叉点都有可能出现下黑子、下白子或停着不下子的 3 种情况。那么两个交叉点就是有 3 × 3 的内涵变化，以下如此类推，结论是 361 个交叉点的全部变化应为 3^{361} 次，用数学的写法是 10^{172}。可以说，这是个大得惊人的天文数字。

　　现在让我们假设使用算速为每秒 1 000 万亿次的计算机进行运算，试算需要花多少时间，才可以算清一盘围棋对局在理论上可能产生的全部变化。估计计算机一个月可以计算（2 592 000 × 10^5）次，一年可计算（32 850 000 × 10^5）次，而要完成 10^{172} 的计算量，恐怕比银河系存在的年份还长得多（约为 3.17 × 10^{149} 年）。

如果进一步探讨，围棋中还有打劫，还有在提过子的空里再下子的情况。由此可见，围棋一局棋理论上的变化，肯定超出了 10^{172} 这个本已十分庞大的数字。从这个意义上看围棋，它简直就是外星人的游戏，难怪围棋如此精深博大呢。

琴棋书画在中国一直作为人们陶冶性情、修身养性的养生之术。下棋者运筹帷幄，或守或攻，乐在其中。看棋者虽为局外，却同喜同忧，同得其趣。弈棋时两人对面端坐形若静态，其实落子击枰之时意动手动，养心在静，养耳在动，兼而有之。弈棋时名曰"对阵"实为"手谈"。胜负原是平常事，既不戚戚于失，也不汲汲于得，一局既毕推枰而起，情欢意悦，超脱尘俗。

生物学的研究表明，人的器官"用则进，废则退"。经常运动的器官就发达健康，少用不用的就萎缩衰退。弈棋时权衡得失，思考再三，需要开动脑筋，促进血液循环，加速新陈代谢，增强大脑功能。终局时，常有复盘的，前事不忘，锻炼了弈棋者的记忆力。所以少儿下围棋可促使思维敏捷，戒除浮躁，增强耐力。

弈棋能健目。棋盘上直线横线交错纵横，不似象棋走子的方式固定在平、进、退，围棋盘上的星、气、眼息息相关，每下一子都必须全神贯注，全局在胸。稍有犹豫，不慎错失了一路、一格，数着之间便满盘皆输了。所以下围棋还锻炼了你的目力。

弈棋也能健指。下棋时的落子与提笔挥毫拨弦弹琴实有异曲同工之妙。

围棋又是竞技项目，需围地争胜，一较高低。胜负之中可培养竞争意识，同时又是一种极好的抗挫折教育，可以使成长中的孩子深刻地体验失败的滋味，品味成功带来的鼓舞，对其将来可以更快地适应充满竞争的社会是大有裨益的。

广东省棋类协会主席　围棋专业五段　容坚行

有关"围棋之星"的介绍

"围棋之星"智能对弈软件，是由广州高星软件科技有限公司（以下简称高星公司）开发出来的第一代围棋产品。高星公司成立于1998年，公司主要从事围棋游戏、教学软件以及轻纺业整合系统的研制和开发工作。公司总经理陆锦强，是国内计算机理论和围棋水平都能达到相当高度的、在国内屈指可数的相关专业人才之一，由其使用C++研制的"围棋之星"智能对弈软件，曾经获得2001年山西大同"清源"杯全国电脑围棋锦标赛冠军、2001年英国伦敦世界电脑围棋邀请赛"Mind Sports"第四，以及在其他大大小小的赛事中都取得过不俗的成绩。"围棋之星"也因此远销韩、日、英、美及中国台湾地区。在未来电脑围棋技术日益提高的道路上，"围棋之星"将会不断学习、不断创新，成为广大围棋爱好者的最佳伙伴。

"围棋之星"智能对弈软件

这是一款典型的人机对弈软件，目前主要针对6～12岁的儿童用户群体，尤其是学习围棋刚入门的儿童更加适用。软件里设计的卡通形象生动有趣，深受儿童们的喜爱。不过，即使是围棋初入门的成年人，想要击败"围棋之星"也是有很大难度的。

如果你想通过复盘来寻找自己棋局中的不足之处，"围棋之星"系列产品所提供的棋谱储存功能和打谱功能，也能够完全满足你的愿望。

通过学习围棋而快速提高儿童的思维能力和创造能力，是每一个家长，也是这款围棋智能对弈软件创作者共同的美好愿望。

在"围棋之星"所拥有的一系列产品中，我们首先介绍其中的一款游戏：《围棋争霸》。

《围棋争霸》的闯关方式有两种，一种是"剧情模式"，一种是"自由模式"。

如果你是一名初入门的围棋爱好者，对围棋比赛的各种赛制还十分陌生的话，进入这个软件里的"自由模式"中，你就可以一边对弈，一边了解到"淘汰赛制"、"瑞士赛制"以及"循环赛制"这3种当今世界上最为流行的赛制有什么不同，以及它们各自独特的记分方法。《围棋争霸》还能够提供4种棋力模式让你挑选，喜欢来点儿挑战的话，建议你可以选择"最难"级别。在与《围棋争霸》斗智斗勇的激烈对抗中，如果能感受到自己棋力在不断地进步，这份独特的快乐与成就感，难道不是对你付出努力的最好回报吗？

在"剧情模式"里，你将扮演一名刚刚对围棋产生兴趣的少年，在新学校里无意中认识了许多爱下围棋的同学，在他们的影响之下，你逐渐步入神秘的围棋之路……你在学校里，通过不断和同学们切磋围棋的磨练中，棋艺渐渐得到提高。不知不觉，你就已经可以打遍校园无敌手了。这时你才猛然发觉，原来自己在"围棋"这个有趣的竞技游戏里，竟然还有着不小的天分呢！

在本校之中已经没有了对手，老师当然不会埋没你的特殊才能，你毫无争议地成为代表学校参加"校际对抗赛"的惟一人选。

来自其他5所小学的学生代表和你一样，都是从各自学校中脱颖而出的佼佼者。在这样的同级别较量中，绝对是"狭路相逢勇者胜"。

经过5轮艰苦的较量，获得最后胜利的又是你。拖着疲惫身躯回到家中的你，睡梦里也不觉流露出浅浅的微笑。

一个名不见经传的小学生，竟然可以过五关斩六将地赢得小学生冠军，这样的消息连棋院也被惊动了。这一天，来自全省的6名小学生精英，和你一起在棋院的对局室中，进行紧张而刺激的 "棋力甄别赛" ——这是真正的较量。同样的棋力，同样的年龄以及相似的经历，使得只有具备坚强意志力的人，才能在这样的较量中笑到最后。

在棋院门口焦急等待消息的父母，终于等到你最后一个走了出来，从你自信的眼神和熟悉的微笑中，母亲有了答案。

不用再说什么，一切尽在不言中。

就像在征服一座看上去似乎高不可攀的大山那样，每当爬上一段高度后，回身看见的新景象，总是会为你带来一个惊喜。

又度过了"国际少年邀请赛"、"职业定段赛"以及"全国个人赛"等一系列重要的人生经历后，闯过重重险关、囊括了所有桂冠的你，欣喜之余，一份莫名的失落徘徊在心头……

一个彻夜难眠的黎明，一个念头像一道电光划破长夜，蓦然揭开落寞的心结：自己还需要一个荣誉——世界冠军！

这时的你已经逐渐成长为一个在国内赫赫有名、战绩非凡的少年棋手，但要真正证明自己的实力，仅凭以前的战绩还不能说明什么？

内心深处一个声音在轻轻呼唤：

GO！参加世界大赛！

击败来自世界各地的顶尖高手，才是你的光荣与梦想！

可是，想要登上峻岭之巅，困难的总是最后那一点——也是最高的那一点。

在高手如林的环境中竞争，要摘取桂冠谈何容易。

你可以付出常人无法想象的努力吗？

能够承受大多数人无法忍受的寂寞和痛苦吗？

在激烈的对局较量中，你还能保持一颗与世无争的平常心吗？

能做到这些，你才有可能真正成为一个世界冠军。

你在"围棋争霸"中，给出的答案将会是什么？

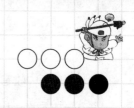

目　录

第一章　围棋的基本概念

尧造围棋

　　围棋是怎么起源的？有很多种传说，其中有一个较为广泛流传的故事，是说五帝时期的尧造了围棋。尧帝怎么想到要造围棋呢？原来他有个儿子叫丹朱，据说出世时全身红彤彤的，红皮肤、红脸蛋、红鼻子、红耳朵，连眉毛也是红的，头上的胎毛也是红的，尧帝高兴得不得了，也吃惊得不得了，想都不想就给了个名字叫丹朱，意思是红上加红，不过就是有点女孩味。果然，那丹朱从小就喜欢和女孩一起玩耍，不过胆子却出奇的大，整天东跑西颠，喜欢在咆哮的大水中嬉戏，喜欢看爆发的火山，望着火山口的红火焰大呼小叫。小的时候尧帝还不太担心，毕竟还小嘛，再说尧帝也很忙，整天要忙着带族人围捕猎食，管理"国家大事"，心思也不可能全放在儿子的身上。

　　哪知丹朱长成青年之后，越玩越邪乎，他和他的"狐朋狗友"想出点子，砍下桑木造了一艘船，仗着自己的老爸是帝王，让别人当纤夫，拉着他们在山间林地逍遥，还说是"陆地行舟"。纤夫们拉着千年枯藤做的纤绳，踩着崎岖不平的山路，在烈日下拼命拉纤，肩膀上流出了血，脚底下也是血肉模糊，深深感到了命运的不公！

　　尧帝知道这件事后非常悲痛，好歹是公平社会，哪能让儿子胡来，自己的一世英名不能被儿子糟蹋，于是他就思量着用一个什么办法把儿子给拴住。其实尧帝还想把帝位传给丹朱呢，丹朱也是知道这件事的，可问题就出在这里，先暂且不表，看看尧帝当时是想出什么办法拴住丹朱的吧。

尧帝思量很久，一天和族人一起围捕犀牛的时候突然想出了一个办法，这个办法是：用桑树劈成一个方正的盘子，上面画成横竖交叉的线条，就像围猎时分开一个一个猎物，然后把犀牛角和象牙砸成块片，象牙块和犀牛块双方轮流在交叉点上走，好像人与兽的较量。想出了这个办法，尧帝大喜，认为这样丹朱在格子上就能体验冒险的乐趣，不用东跑西颠冒生命危险玩乐了，这就是最早出现的围棋模型。果然那丹朱玩起这个游戏十分喜爱，从此不再到处"鬼混"，开始和伙伴整天一起玩犀象游戏。又过了几年，尧帝年老体衰要退休了，找来丹朱商量要把帝王位传给他，让他谈谈自己的想法。谁知丹朱马上推卸，他说："我的性格不适合当帝王。我喜欢在大自然中畅游，吸取大自然的精髓，搞点发明创造。"尧非常不高兴，问他有什么发明创造。丹朱说："我年轻时就想出了造船，现在又把您教给我的犀角象牙游戏发扬光大了，把九路改成了十一路，变化复杂多了，好玩多了。我不想做皇帝还有一个更主要的原因，我觉得我们选帝王不能搞世袭制，应该让最能干的人当帝王。我认识一个叫舜的朋友，他不但犀象游戏玩得好，而且还注重实践，每次围猎都很多，我向您推荐这个人。"

尧帝经过考察，发现舜不仅围猎有办法，耕种、治水也很有一套，加之丹朱又不想当帝王，于是就把帝王传给了舜。

后人把尧、舜当帝王的时期称为尧舜时代，据晋朝人张华《博物志》记载，围棋的起源就是在这个时期。在他写的《博物志》中说："尧造围棋以教丹朱。"还提到，舜觉得儿子均不甚聪慧，也曾制作围棋教子。

《路史后记》写得更为详细。尧娶妻富宜氏，生下儿子朱，儿子行为不好，尧很难过，特地制作了围棋，"以闲其情"。按照这种说法，制造围棋，是为了开发智慧，纯洁性情的。不过也有另一种看法，认为"夏人乌曹作赌博围棋"。唐朝人皮日休在其《原弈》一书中则说，围棋始于战国，是政治家们的创造。他的根据是，围棋"有害诈争伪之道"。这样一来，围棋又成了寻欢作乐、耍弄权术的工具了。其实，这些说法都不过是推测而已，尧、舜之说只是编造的美丽传说。乌曹在《古史考》中被认为是造砖的先祖，在造围棋方面找不到更多的佐证。至于皮日休提出的围棋源于战国，更不足为信，因为早在春秋时，孔子就已经提到围棋了。

第一节　棋子、棋盘和棋钟

围棋棋子分黑白2种。一般用塑料或胶木、云石、玻璃制成，形状为圆形。

黑白棋子各有180个左右，分放于2个棋盒里。

围棋棋盘由纵横19条直线组成。19条直线与横线交叉而形成361个交叉点。每个交叉点即为棋盘上的一个基本单位。

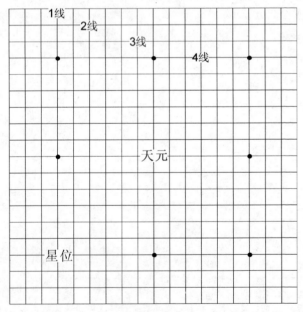

（图 1-1）

图1-1，围棋盘上有4个角，称为左上角、左下角、右上角和右下角。棋盘上有4条边，称为上边、下边、左边和右边。棋盘角、边上的8个"．"点称为"星位"。中

央的"·"称为"天元"。棋盘上4条边边框线称之为"边线"。从边线至中央依次称为："一线"、"二线"、"三线"、"四线"……棋子在棋盘上的位置可用阿拉伯数字与中文（或英文字母）数字确定其坐标。如左上角的"·"称为"4·四"。

棋钟是围棋比赛的计时用具，用于记录比赛双方各自所用的时间。赛钟与一般钟表不同，它是计时按钮控制着钟表的走动，一方的计时按钮按下去，另一方的钟开始计时。只有在自己考虑成熟，并且把棋子放到棋盘上之后，才可以按下计时按钮，否则就是犯规行为。

现代围棋，除了可以由围棋所围出的地域分出胜负，还有因时间不够而超时判负的。

练习题一（填空）

1. 围棋的棋盘上共有＿＿条横线和＿＿条竖线交叉形成了＿＿个交叉点。

2. 围棋盘上共有＿＿个叫做"星位"的交叉点；处于棋盘正中心的那个交叉点叫做"＿＿＿＿＿＿"。

3. 通常棋盘最外面的那条边线也叫做＿＿＿＿＿＿。

第二节　围棋规则

掌握规则是学习围棋的第一步，只有懂得这些行棋的基本章法，才能根据它们的原则去下棋。

一、下子

对局者二人，一方执黑，一方执白，双方各下一步，轮番进行。黑棋先走，白棋后走，棋子一旦放在棋盘上，除非以后变成"死子"，必须从棋盘上拿走，否则棋子不能在盘上移动。

围棋对局时，在棋盘上有意识地移动棋子是犯规行为。

二、提子

这里，首先要弄明白，什么是棋子的"气"。

● "气"：指在棋盘上，与棋子直线紧邻的空交叉点。

一颗棋子，当它放入棋盘上，它就好像是被注入了生命。有1口气或1口气以上的棋，可以在棋盘上生存。没有气的棋，也就是被吃掉的棋子，就是死子，必须从棋盘上拿下来，这种情况在围棋的术语里就叫"提子"。

三、活棋

在图1-2中，你可以看到，一颗黑棋无论处于棋盘上的什么位置，最多只有4口外气。只要外气的位置全部被白棋占据，这颗黑棋就是死棋。即使再多几颗子连在一起，情况也好不到哪里去。随着棋局的进行，棋子周围的"气"最终还是要被占据。

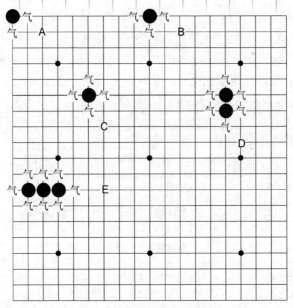

（图1-2）

　　这就给我们提出了一个问题：怎样让盘上的棋子有一个安全的堡垒，能保证它活到棋局的结束呢？

　　在围棋盘上，1颗或者2颗甚至3颗棋子，想在棋盘上生存下来是没有什么希望的。那么，至少要有几颗棋子联合，才能组成一个可以保证活棋的稳固阵地呢？

　　图1-3中被围困的7颗黑棋在1位还有1口气，只要白棋下在这里，全部黑棋就会被提掉。

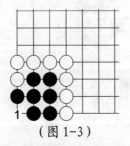

（图1-3）

图1-4，留意一下，被白棋团团包围的黑子在外形上和图1-3很相似，但却少了1颗黑子。事实上，正是在关键的位置上少了1颗黑子而多出1个空交叉点，使得黑棋成为活棋。这其中的奥秘就在于：6颗棋子将自己的内部，分开成两个可以互相支援的阵地1位和2位。

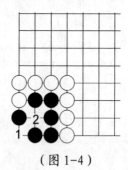

（图1-4）

● 我们通常把这两个空交叉点叫做"眼位"。

图1-5，假设有一颗白子闯入1号阵地，试图杀死黑棋。但2号阵地为6颗黑棋子提供了生存空间，与此同时，那个入侵的白子，自己却没有这样的生存空间，被判死刑的是它自己。

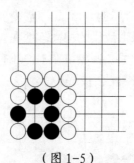

（图1-5）

所以，围棋里把2个像这种围起来的交叉点，称为有"两口永久气"，或者说有2个"真眼"。

图1-6，左下角的黑棋围起来一共有4个空交叉点，1个A点，3个B点。这4个交叉点都是黑棋的"眼位"。它们的区别就在于，A点属于禁止下白子的"真眼"，而3个B点是允许下白子的一般性眼位。我们其实也可以将3个B点视为一个"永久眼位"，黑棋中带"▲"标记的棋子就像一道安全门，如果阵营内部出现危机时，可以起到极稳定的防护作用。

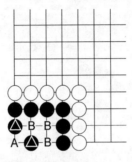

（图1-6）

前面说过，一块棋如果像图1-3那样只有1个"眼位"，还不足以保证活棋，就像图1-5或者图1-6那样，至少要有2个"永久眼位"。

不过，也有一种不需要眼位就能活棋的情况。

图1-7中，白棋和被其包围之中的3颗黑棋，双方都没有

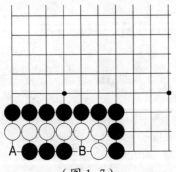

（图1-7）

眼位，只有 A、B 两个双方都不能走的交叉点（如果黑棋下在 A，白棋就在 B 提掉黑棋，反过来亦然）。

● 凡是具备这样特点的交叉点，在围棋术语中叫双方的"公气"，里面双方棋子生存的状态叫"双活"。

有关"双活"的一些内容，我们会在下一章再作详细介绍。

图 1-7 中，对于黑白双方而言，A、B 两点都可以看作自己的"两口永久气"。

从图 1-5、图 1-6 和图 1-7 中都可以看到，无论是"活棋"还是"双活"的状态，它们都具备拥有"两口永久气"的这一共同点。

于是，我们可以得到围棋里"活棋"的定义：

● 围棋里棋子能够生存的惟一标准：就是具备至少"两口永久气"。

和其他棋类一样，在围棋规则中，规定一个棋手每次只能下一步棋，"永久眼位"也是基于这样一个规定而产生的概念。否则，一个棋手每次可以下两步棋，就可以将图 1-5 中的黑棋杀死。那么，围棋中"活棋"这个概念就只能重新定义了。

四、围棋的"气"

我们在前面常常提到一个名词"气"，那么 "气"在围棋中到底有什么特殊的作用和意义呢？

1．气的象征意义

在前面的内容里，提到了"气"的基本定义。而在围棋世界里，"气"的多寡长短就是棋子活力的象征。在前面的图 1-2 中，棋盘 A 位角上的一颗子，只有 2 口气；B 位的一颗子，有 3 口气；C 位中央的那颗子，有 4 口气。可是当棋子连成一个整体时，它的外气也随即增多，D 处的 2 颗子有 6 口外气，

E 处的 3 颗子有 7 口外气，依此类推。不过，同样数量的棋子，当排列的方式不同时，"气"的数量也会发生变化。

由 3 个以上的棋子排列成不同的形状时（比如三角形、正方形、多边形等），它们的外气数会有什么变化，有兴趣的读者不妨自己在棋盘上试一下。同时也思考一下，为什么会有这样的变化产生？

2．外气、内气和公气

围棋的"气"处于不同环境之中时，其作用会发生一些变化。能够体现这些变化的主要标准，就是在双方处于对杀状态下，当需要收紧对方的"气"的时候，一般是按照先收"外气"，再收"内气"，最后收"公气"这样一个次序进行，否则对杀时会出现与预期完全相反的效果。

图 1-8 是一个局部战斗结束后留下的棋形，双方各有一块带有标记的棋子被包围。A 点代表它们的"内气"，B 代表双方的"公气"，B 则代表它们各自的"外气"。而这两块棋都处在一种外部被包围、内部彼此牵制的状态，如果是黑先走，只能先在棋盘上方的两个"C"点收气，白方同时在棋盘下方的两个"C"点收气，最后的结果走成双活。而黑

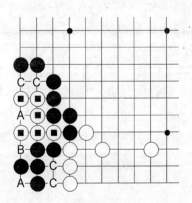

（图 1-8）

棋如果错误的下在双方的公气点"B"时，就会被白棋在棋盘下方的两个"C"点收气，快一气杀掉黑棋。

● "内气"：往往是指一块棋的"眼"的气数，像图1-8的白棋和黑棋，它们各自有一个围起来的交叉点"A"，这个 A 点就是它们的"眼"。而对这块棋来说，这个"眼"也使它拥有一口"内气"。

● "外气"：双方各自的外部都有两个交叉点"C"，这就是它们各自的"外气"。

● "公气"：指黑白双方的"气"在棋盘上发生重叠的交叉点。比如像图1-8中的 B 点。

"围棋"这个词，顾名思义就是通过围地来争胜负的棋类。既然有争胜负的说法，也就免不了激烈的接触和战斗。既然有战斗，就免不了要吃掉对方的棋。

世界上大多数其他的棋类，在吃掉对方的棋子时，是用自己的棋子占据对方棋子原来的位置，并把对方刚才还在这个位置上的棋子拿掉，这种吃棋法隐含有"占领、取代"之意。相对而言，围棋吃棋的方式则独树一帜。

围棋在吃棋时，当一方下了一颗棋子，这颗棋子占据了对方棋子的最后一口"气"的位置（此"气"泛指外气、公气和内气，我们也可以将"气"视为棋子可以前进、发展的道路），并把对方没有"气"的棋子从棋盘上拿走，这样吃棋的方式，是将对方棋子可以前进的去路全部封闭，令对方的地盘变成自己的地盘，围棋的吃棋法隐含有"围困、征服"之意。

图1-9，是白棋在棋盘上不同位置提子的情况。只要走一步棋（1 位），就可以把图中的 1 颗黑子提去。

图1-10，这是提子后留下的形状。

图1-11，白走 1 位，即可提去 2 颗黑子。

图1-12，白提子后的情形。

图 1-13，要想吃掉 2 颗或 2 颗以上的棋子，需要花费更多的着数。

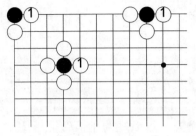

（图 1-9）

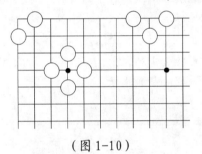

（图 1-10）　　　　　　（图 1-11）

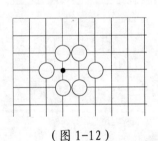

（图 1-12）　　　　　　（图 1-13）

图 1-14，提子后留下的棋型。

图 1-15，即使在被提过子的交叉点中下黑子▲，也没什么用处了。在白子没有被黑棋四面包围的情况下，这是一着废棋，白棋根本不用应。一般在这种情况下，白棋也无需在自己的空里面填子。

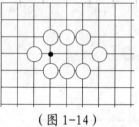

（图1-14）

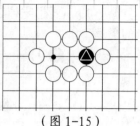

（图1-15）

下围棋时应该注意的是：当一方下子时，对方即使不用应也没有任何损失，可以视为前者下了一着"废招"。而我们在下围棋时，应该尽量避免下出"废招"。

课堂提问

吃棋要注意下对地方，A至D4个点，哪个点可以吃掉黑子？

图1-16，白走哪一步方可提去1颗黑子。

图1-17，白走哪一步方可提去2颗黑子。

图1-18，白走哪一步方可提去3颗黑子。

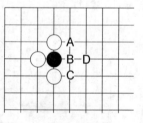

（图1-16）

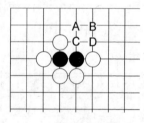

（图1-17）

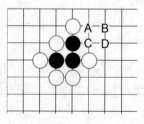

（图1-18）

解答：B位、C位、C位

五、禁入点

● 围棋里一些交叉点是不允许放入对方棋子的，这些交叉点就叫做"禁入点"。

不过，有些"禁入点"只是暂时的，一旦周围的情况发生变化，这些"禁入点"的性质也会发生变化。

如图 1-19 和图 1-20，图中如果轮白棋走，先走 B 位可以吃黑▲二子，然后再走 A 吃黑■二子。但图中行棋次序如果掉过来又是行不通的。白棋在 B 位提掉黑▲二子以前，A 点就是白棋的禁入点。

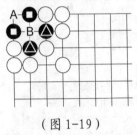

（图 1-19）

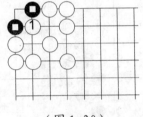

（图 1-20）

图 1-21，

A 例：带"×"标记的位置，一放入白子进去，白子就马上处于"没气"状态，这个带"×"标记的位置是白棋的"禁入点"。

B 例：两个"×"点都是"禁入点"，2 位只是一个暂时的"禁入点"。将来如果被白棋先走到 1 位，情况就会发生变化，白棋可以在 2 位下子了。

C 例：4 个"×"点都是无可争议的"禁入点"。

D 例：本形和左下角的棋形基本一样，最主要的区别在黑棋的 1 位拿掉 1 颗子。如果这个位置被白棋占据，黑空里的 4 个交叉点全都不再是"禁入点"了，整个黑棋阵营随即决堤。白棋如果需要吃掉黑棋的话，只要按照 2、3、4 的顺序下子，就可以把黑棋逐步提掉。

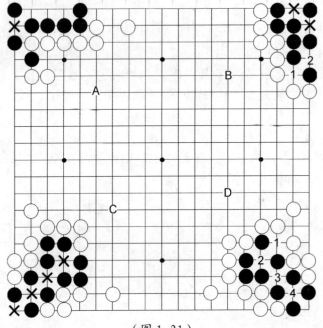

（图 1-21）

事实上，C 例中的 10 颗黑棋子全都同样重要，少了哪一颗都会令黑棋防线全面崩溃。

禁入点的情况还有一些，例如图 1-22，两块黑棋分别把白棋包围住，包围圈内的 A、B 点都不能再下白子，是白棋的禁入点。

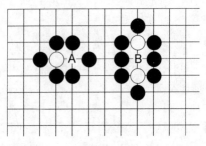

（图 1-22）

图 1-23，黑棋处于白棋的围困之下，已经无法做活。虽然如此，黑棋当中的 A、B 两点也是白棋的禁入点，白棋必须先收紧外气后才能放入 A、B 点内杀黑棋。

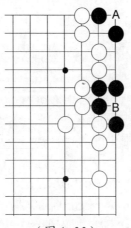

（图 1-23）

图 1-24，乍一看，A 是黑棋的禁入点，C 是白棋的禁入点。二者没什么区别，但实际上不一样，先看左图：黑子放在 A 处虽然自己无气，但也使白五子处于无气状态。黑在 A 位下子，就可以把白五子提起来了。所以 A 点不是黑棋的禁入点。由于中日韩围棋规则都规定不能自紧最后一气，A 位反而是白棋的禁入点。

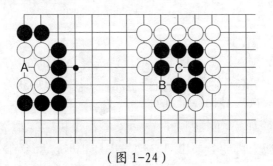

（图 1-24）

右图，在 B 处黑棋还另外有 1 口外气的情况下，C 是白的禁入点。只有白先走 B 点紧气，再走 C，才可把 7 个黑子提起来了。

六、打劫

这是在围棋中吃子的一种特殊情况，也是围棋基本规则中另一个重要概念。

围棋是一种规则十分简单的游戏，从它的规则上来看，一个人只要懂得围棋中最基本的两个概念：什么是"气"；以及弄明白什么是围棋中的"打劫"，这个人就已经可以和别人对局了。

如图 1-25 和图 1-26 中的形状是黑白双方互相提子后的棋形。若双方互不相让，无休止的提来提去，那么这局棋将难以进行下去。为此，围棋规则便做出了"打劫"的规定。例如，图 1-25 的白 1 提子以后，黑 2 当然不能立刻又在"打劫"的位置回提，此时棋局可能有 3 种变化：

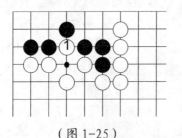

（图 1-25）　　　　　　（图 1-26）

（1）现在轮到黑棋下，黑棋可选择在白棋其他地方的势力范围内制造威胁，如果白棋不理，可以在该处获得"打劫"失败的补偿，此谓"寻劫"。

（2）如果白棋认为自己如果不在黑棋"寻劫"的地方应战，损失可能会超出"打劫"的局部时，就会在"寻劫"

的位置应一手，此谓"应劫"。黑棋迫使白棋"应劫"后，方能如图1-26那样在"打劫"的位置上提回该子。

● 围棋里这种经过"寻劫"、"应劫"的过程，就称作"打劫"。

（3）假如"寻劫"时白棋不理睬，而在图1-26的黑2处粘起来，这个局部就没有劫可打了，此谓"消劫"。

七、计算胜负

● 围棋的胜负不是取决于吃掉对方多少颗子，而是看谁围的地方多。

当双方所占的地完全确定，彼此都无法再互相侵入，而且双方的边界也都填满，就可以用数子的方法计算胜负了。为了简便起见，我们选用13线的小棋盘来说明，可以依此类推。

图1-27，这是一盘用13路小棋盘下完的棋。当最后的单官（详解见第五章）都已占完后，就可以数棋了，数棋也叫"做棋"。

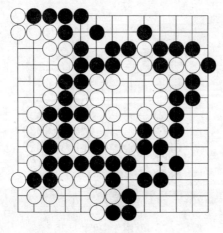

（图1-27）

首先，我们可以任选一方来数。比如数黑方，先把黑棋围住的空白交叉点做成"十"的整数，再把余下的子10个一组地摆放整齐。两方数字加起来，就是黑棋活下来的子。如图1-28。

图1-28，黑棋在上边占的交叉点数是20，右下角围得30，共是50个交叉点。

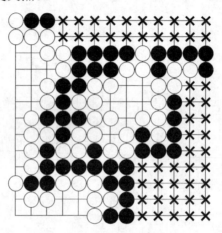

（图1-28）

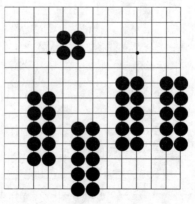

（图1-29）

图 1-29，数完整数后，开始数剩下的黑子。先将黑子 10 个一组地摆放在棋盘上，共有 4 组，还多出来 4 颗黑子，即是 44 颗黑子。因此，黑棋总数为 50+44=94 个。

13 路棋盘共 169 个点，每方各应得 84 又 1/2 子。黑有 94 子，就赢了 9 子半（假如以不贴目为标准）。19 路的大棋盘也是用这种方法计算，只是它共有 361 个交叉点。每方应得 180 又 1/2 子（不贴目的话），以此为标准，我们称这个数为"归本数"。多于此数为胜，少于此数判负。

八、贴目及让子棋的规定

● 围棋的"子"与"目"的概念：

计算胜负时，棋盘上的一个空白交叉点算作 1 目，被提过棋子的空白交叉点算作 2 目，"打劫"时先提一子的一方，以后再粘上的单劫算 1 目。

了解这个概念，主要作用是帮助读者学习在对局时进行形势判断，这是后话。

1．关于贴目

两人下棋，总是一方先走，一方后走。那么，先走的一方总要便宜一些。

图 1-30，以占据棋盘上的星位为例，9 个星位，黑方先走可以占到 5 个，而白方只得 4 个。如果不采取措施，两个棋手要是棋力相当的话，恐怕先走的一方获胜的机率会稍大。

如果真是这样的话，谁都希望拿黑棋了。

● 因此为了比赛的公平起见，在中国围棋规则中规定，先走的一方（即黑方），在对局之后，计算胜负时要补给白方 3 又 3/4 子。我们称这种做法为"贴目"。

贴目是人们根据围棋的实战结果摸索出来的，起初贴 4 目、5 目。现在也有贴 8 目的比赛，但我国现行的规则规定，黑方贴目给白方7目半（即3又3/4子）。在做棋时，黑方要数出185子才算赢；而白方，只要有177子就胜了。除了贴7.5目的中国规则以外，还有贴6.5目的日、韩规则，以及贴8点的应氏规则在世界棋赛中也被广泛应用着。

2．让子棋

围棋高手与水平低一些的棋手、或是与初学者下棋，由于双方的棋艺水平悬殊，一般是通过让先、让子等方法来保持局面平衡的。这样的对局称作"让子棋"或"指导棋"。

● 让先：指由水平略低的一方执黑先走，终局计算胜负时无需负担贴目。即各占180又1/2为和棋，哪一方超过180子即胜。

● 让子：一般是从让先到让9子。下让子棋时，让子的位置和顺序如图1-30所示（假设被让棋者——也称作"下

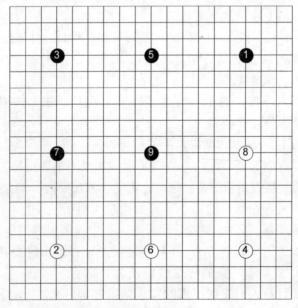

（图1-30）

手"坐在靠近白棋 2、4、6 这一边的棋盘处）。

让二子：黑棋要摆在 1、2 的位置上；

让三子：黑棋放在 1、2、4 的位置上；

让四子：分别放在 1、2、3、4 四个角的星位上；

让五子：在中间天元加上 1 颗黑子；

让六子：占 1、2、3、4、7、8 位；

让七子：再加一子在天元上，以求得盘上棋子位置上的对称；

让八子：摆满除天元外的所有星位。

让九子：当然是所有星位上放一颗黑子。

终局计算胜负时，按让子数由黑方贴还 1/2 的子数（即白方每让 1 子，黑方还回 1 目），如一盘让 4 子局，最后黑棋有 182 个子，还 2 个子后，还有 180 个，黑输半个子。让到 2 子以上的让子棋全都是由白棋先走。

练习题二（全部白先下）

A. 白棋呈裂形，怎样挽回败局？

B. 白角怎样做活？

C. 怎样做活白角？

D. 白棋做活的要点要看清楚，下错了会全部被杀。

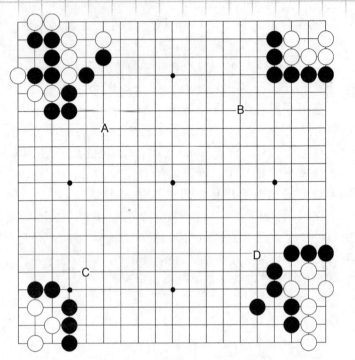

第三节 围棋的基础着法

围棋对局时，一招一式都会有一些名称，或者叫术语，以帮助初学者方便学习和记忆，而这类的名称通常会有几十种，我们在这一节里介绍最常用的一部分给大家。

● 挂角：通常围棋的战斗会最先发生在角部，对手在角部进攻时的第一手棋常称为"挂角"。

图1-31中的黑5、白6就是"挂角"，其主要目的就是和对手进行角部的争夺。

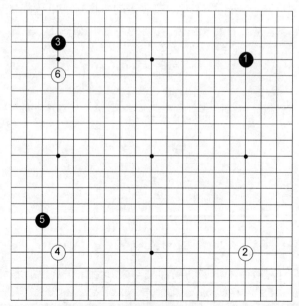

（图1-31）

● 守角：顾名思义，就是被攻击方对角部的地域进行防守，如图1-32，

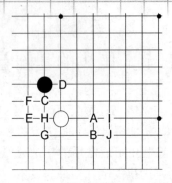

（图1-32）

白子在守角时，可以根据自己的布局构思或附近其他棋子的分布情况，由此决定在A～J等不同的选点下子。

● 夹攻：同样的道理，被攻击的白棋也可以选择在A～G点夹攻，这是一种更为积极主动的下法。如图1-33，

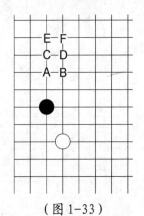

（图1-33）

我们利用一个棋局的局部战斗来介绍一些其他的名称，如图1-34，

● 围棋的着法名称，通常是指一手棋的落点，与附近棋子之间产生的独特联系，并以一个名词来表达其所起的作用。

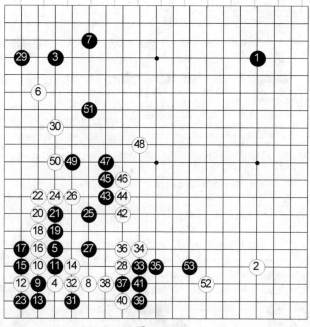

（图1-34）

像图1-34中的黑5挂角的方式叫"一间高挂"，白6的挂角方式叫"小飞挂"，而白8的守角方式是"一间跳"，就是形容白8和白4之间的位置关系。而继续进攻的黑9，用的方法叫"托"，黑10"内扳"（假如下在13位就叫"外扳"），黑11"断"，白12"打"，黑13"长"，白14"虎"，黑19"压"，白24"拐"，黑25"跳"，白28"飞"，黑31"点"，白32"接"，黑33"靠"（或者叫"顶"），黑35"退"，黑37"扳"，白42"镇"，黑43"尖"，白50"拦"，最后以白52"大飞守角"，黑53"肩冲"告一段落。在这个例子里，我们连续使用了24个不同的着法名称来描述棋局的进程。围棋的着法当然不止这24个，初学者可以一边打谱，一边熟悉和体会这些着法的作用及意义，将来的对局实战中，会有机会认识更多的着法名称。

练习题三

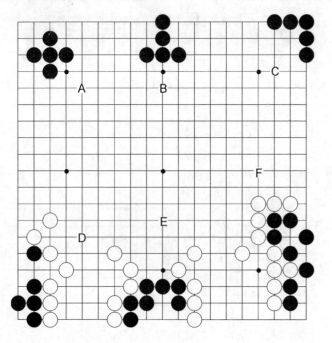

A. 黑五子有几口气？

B. 同样数量的 5 颗黑子，有几口气？

C. 还是 5 颗黑子，这次能数出几口气？

D. 黑先，怎样做活？

E. 黑先，只有一个走法才能做活，怎么下？

F. 想活棋就不能贪图小便宜，怎么走才是正着？

第二章　围棋的基本技术

黑白兄弟

围棋分"玄素"，也就是说分黑白两色，比不得赤橙黄绿青蓝紫的大千世界，婀娜多姿、美轮美奂。然而，正是这朴素的两色，却蕴含着丰富的涵义，它的哲学思想广博，令人遐想联翩，启迪着人们的智慧。

相传春秋时期，有一对双胞胎，哥哥叫道，弟弟叫理。兄弟俩不像别的双胞胎那样难以分辨，因为哥哥长得黑，像涂了炭一样，弟弟长得白，如抹了石灰一般。黑白兄弟走到哪里都形影不离，然是惹人喜爱。

当时有一位会下棋的江湖人士教会了兄弟俩下围棋，从此黑白兄弟乐此不疲，逐步掌握了弈道中进退、取舍、攻劫、放收的方法和行棋的道理。那哥哥执黑棋下来得心应手，招招夺命，弟弟拿白棋防守得法，不失分寸。不仅如此，只要兄弟俩在一起和其他人对弈时，很少有输的时候。原因是他俩存在一种"心灵感应"，两人中的对局者一旦出现疏漏的时候，在旁边观战的另一人就会传出奇妙的信息提醒他，这倒不是兄弟俩的水平有很大的差别，而是"当局者迷，旁观者清"，旁观者总能理智地思考问题，这个信息很快就能被兄弟中下棋的人接受，从而防患于未然。

由于他们很少输棋，声誉逐渐大起来，那时学下棋的人越来越多，会下围棋的人多起来，就总想检验自己的水平如何。谁是当世的第一高手？有位好管闲事的人拿出自己家的财物作赌，以悬赏最终获得胜利的人。顺便提一句，围棋和六博最早刚出现时并不是赌博用的，只是到夏朝的时候，夏桀的臣子乌曹坏了规矩，把这两种体现智慧和技艺的游戏变成了赌博工具。

黑白兄弟轮流过关斩将，最后双双进入了决赛，决赛中又恰巧下成了和棋，兄弟俩共同赢了悬赏财物，自然是十分高兴。哪知一些输了棋不服气的人往他俩身上泼脏水，说他们是"聚众赌博"，引起了当时社会上广泛的关注。有些家长担心自己的孩子沾染上赌博恶习，纷纷要求禁止围棋。

这件事惊动了大学问家孔子，孔子说：下围棋总比无所事事、游手好闲要好。这才算让大家统一了认识，围棋得以千古流传下来，成为中华民族的文化瑰宝。孔子说的话在《论语·阳货》中，原文是："饱食终日，无所用心，难矣哉！不由博弈者乎？为之犹贤乎已。"

围棋的基本技术

第一节　棋子的连与断

图2-1，左边的3颗黑子与右边的3颗白子，各自紧密地连在一起，正常情况下，这3颗子是不会分开的了。即使它们最后变成死子，也只能一起提走。

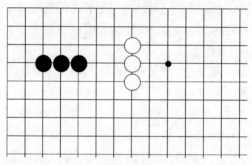

（图2-1）

图2-2，围棋的黑与白不可能老是各自布阵，总有短兵相接的时候。图中两条棋子纵横在一起，中间空着一个A点。

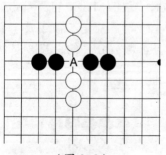

（图2-2）

图2-3，如果轮黑棋走，黑走1位，5颗黑子便连成了一个整体，白子被隔在两边，显得十分薄弱。

31

少儿围棋初级教程

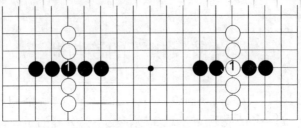

（图2-3）

反过来，若轮到白棋走，白走1位，黑白的强与弱就与左图有较大的区别。由此可知，弱棋或零散的子如果能连在一起，就可以变得强大。

在本图中提到的"薄弱"和"强大"概念，应该怎样理解这两个词的含义呢？

图2-4中，"×"代表黑白双方共有的"气"，也就是我们在第一章的图1-8中介绍过的"公气"。"▲"代表黑棋的"外气"。"■"代表白棋的外气。我们暂且不考虑公气的因素，只看双方在外气上的对比，上面白二子有3口外气，下面的白二子也是，而把它们割裂的黑子有6口外气。无论从本身拥有的"外气"数量上看，还是从子力的对比来看，黑棋想对付那一边的白棋，自身都占有绝对的优势（6气与3气，5子与2子）。而这5颗连成一条直线的黑棋显然属于强大的一方，4颗被分开的白棋，是薄弱的一方。

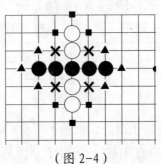

（图2-4）

围棋的基本技术

　　不过，世事无绝对。在图 2-5 中，同样有连在一起的 5 颗黑子，还有 4 颗分散的白子，这次的力量对比会产生什么变化呢？

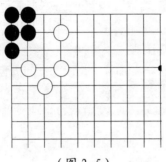

（图 2-5）

　　图 2-6，首先，双方都没有眼，都不能算是活棋。白棋散落在外围，而黑棋困在里面，想活棋就只有冲破白棋包围圈一条路。可是几手棋后就发现，原来 4 颗分散的白子连成一个完整、厚实的墙壁，把黑棋的出路全部封死了。5 颗子被 4 颗子打败，这是为什么呢？

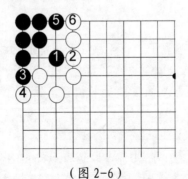

（图 2-6）

　　我们经过分析可以发现，这 5 颗黑子本身有许多的缺陷：

　　① 5 颗子全部处于棋盘的一线和二线的低位，而且没有可以活棋的眼；

② 与白子的距离过近，根本没有做眼的条件；

③ 也是最主要的问题，即5颗黑子笨拙的挤成一团，在围棋里有一个术语形容这种情况，称之为"愚形"。而且黑棋背靠角部的两面墙壁，身处极为不利的位置，外围被白棋封锁。打个比方，这就像有5个身强力壮的人，手脚却被铁链锁在一个转身都困难的小房间里，房间外面的几个出口有4个手持武器的人看守着那样。5颗黑棋的力量被恶劣的周边环境和自身不利条件严重削弱了，根本无力对抗4白子。

但是为什么说5颗黑棋的力量被"严重削弱"了呢？我们来看下图。

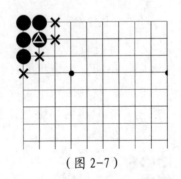

（图 2-7）

图2-7，5颗黑子中有4颗处于棋盘的一线，棋盘的一线有个别称，叫做"死亡线"。意思是在一线上的棋子最容易被杀死。而第5颗黑▲子所处的位置，除了自身的两气被那4颗黑子抵消外，还使一线上的两子又减少了一气。就这样，5颗黑子的外气，被最大程度地削减了。

这5颗棋子所排列成的形状，在围棋术语里叫"刀把五"，而"刀把五"在围棋里，被认为是一种在实战中应该尽量避免出现的"愚形"。图2-7中的5颗黑子所处的位置，可以称得上是效率低下的典型。既是"愚形"，又被放在"死亡线"上，实力怎么不会被严重削弱呢？

读者应该可以看到，图2-8中的"×"除了代表黑棋的外气，其实也代表着它未来的发展方向。一颗棋子在棋盘上，如果身处发展方向不受限制的良好位置，一定会对将来棋局的进程有着不小的帮助。

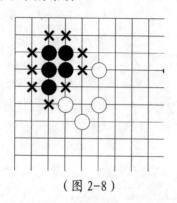

（图2-8）

图2-8，假如将9颗棋子一起移到较靠近中间一点的位置，可以看到黑棋的外气已经大幅度增长了，由原先的4气增加到9气。气数的增加率为125％，这是一个巨大的飞跃。此时的黑棋如果愿意活动，原先的4个看守（白棋）已是无能为力了。

在图2-7中，5颗黑子的外气为4气，而它们将来也可以按照这4个"×"伸展的方向蔓延出去。而排成一条直线的5颗黑子，正常情况下是有12气的（如图2-9），这比图2-8的情况又多出来3气。两组黑子的连接方式的不同、以及它们所处的位置的不同，对它们自身"气数"的多寡起到了重要的作用。

我们在前面啰嗦了很多"气"的长短问题，其实最终想告诉大家的只有一句话：在实战中，很多涉及到双方几十颗子的大型对杀、决定整盘棋命运的战斗，最终赢得胜利的那一方，常常仅快一气吃掉对方的棋。

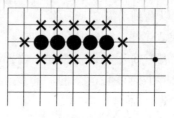

（图 2-9）

所以，围棋初学者在学习的过程中，就应该养成这样一个思考习惯：棋子在不同的情况下走成什么样的棋形，气能够长一些？如果从战略的角度而论，怎样让每一颗棋子发挥出最大的能量，就是赢得每一处局部战斗的关键。

在象棋中，最有威力的棋子是"车"，其威力强大的原因是，象棋中只有它可以在自己原来的位置上，不受格数的约束，一条直线走到底，一边吃掉阻碍在前进道路上的任何敌方棋子，这种约束条件较少的行棋规则，显示出了它在象棋之中的一种特权地位，犹如古代一个手握生杀大权的将军在其国家中享有的地位那样。

而在围棋里，所有棋子的作用是一样的、平等的，使它们强大的因素就是自身拥有较多的"气"。当然，另一个条件是它们尽量要具备能够形成一个强大整体的条件。

图 2-10，在黑棋稳固的阵地前沿，白棋产生了一个可能会被切断的弱点。

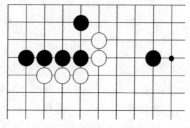

（图 2-10）

参考图，由于左上角的黑▲五子活棋不成问题，在战斗中如果被黑1断在这里，没有眼位的白棋五子显然无法两全。除了在兵力对比上以5∶7处于劣势外，还要分别照顾两队棋子。围棋是你一步我一步轮流下的，想要让两块棋都能活下来，其艰难程度可想而知。

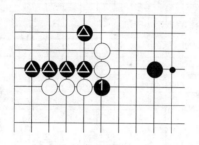

（参考图）

图2-11，走白□将5颗白子连接起来，白棋就变得强大起来，完全可以与周围的黑棋抗衡。当然，除去白□，还可虑走A～D等地方保护这个断点。

如下参考图所示，"×"代表白棋可影响到的区域，虽然白六子暂时没有眼位，但它在棋盘上可影响的区域大大增强。局部看来，右边的一颗黑棋也因此星光黯淡、岌岌可危。

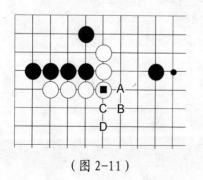

（图2-11）

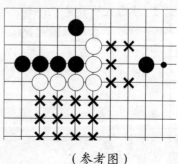

（参考图）

练习题四（全部白先下）

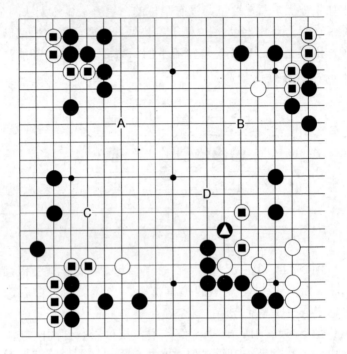

A. 白四子有被黑棋切断的危险，怎么补断点？

B. 白四子处于黑棋的威胁下，怎样连成一体？

C. 白五子要连在一起才会强大，怎么做？

D. 白□二子不想被黑▲一子切断的，怎样连接？

第二节　围棋的吃与逃

　　一个棋子，落到盘上之后，便有了它的使命。当它面临被歼灭的命运时不会无动于衷，除非它要完成弃子的重任，否则，被叫吃的棋子要想办法往外逃，就必须设法延长它们的气。

　　1．打吃与逃

　　图2-12，黑▲一子，只剩下 A 处一口气了，黑若不走，白走 A 就可把黑子提起来。

　　图2-13，黑只要走 1 位，就可以使黑▲子逃出来。外边又增加了几口气，白就不能一手吃掉黑了。

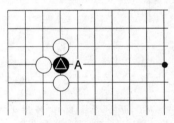

（图 2-12）

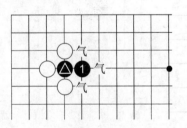

（图 2-13）

　　图2-14，打吃的方向如果不对也不行。

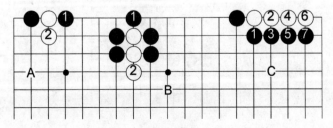

（图 2-14）

A 例：黑 1 在这里打吃，白 2 就跑出来，不容易吃了。

B 例：另一种情况，对边线上的黑 1 一子应走白 2 位打吃，黑就逃不掉了。

C 例：黑 1 在上面打，正确。如果黑走 2 逃，白 3 再追击。以下沿边线追杀到角上后，黑就无路可逃了。

图 2-15，黑▲一子呈被叫吃的状态，而且外边还多了白□两个子，黑子只有 A 处一口气。

如参考图，黑 1 试图逃生，但被白走在 2 位，两个黑子尽管连接，但气数没有增加，被白走 2 提起。所以这种黑▲棋子，即使先走一步也是逃不掉的，那就不要再逃了。

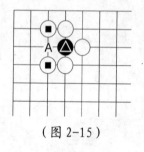

（图 2-15）

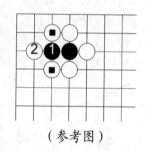

（参考图）

2．打吃的种类

● 抱吃：以棋型看，就像一个人用两只手臂环抱着对手一样，让对方出路越来越窄。

图 2-16，想吃掉这 4 颗黑子，白棋应走 A 还是 B？

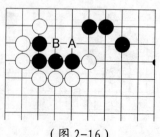

（图 2-16）

图2-17，白1这样打吃，黑可走2逃，还顺手叫吃白1一子。

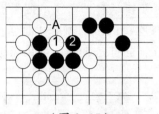

（图2-17）

图2-18，正确的下法是：白1在这里抱吃，黑四子不能逃。如果黑走2，白3把黑子全部提掉。

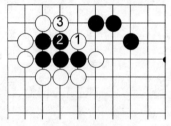

（图2-18）

● 征吃：围棋里有一种有趣的吃法，又叫"扭羊头"，需要注意的是打吃的方向。

图2-19，白走1位打吃黑棋两子，于是黑2逃，这时，白应当再走哪里打，是A还是B？

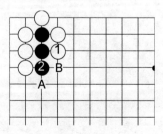

（图2-19）

如参考图1，白3只有这样打吃才对，黑4逃时，白5再从这边打，始终让黑棋只有一口气，把黑子逼到边上后，就不能再逃了，这种吃棋的技巧就叫"征子"，有关这方面的详解会在后面的章节里作更具体的介绍。

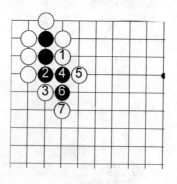

（参考图1）

如参考图2，白走1位打吃是方向性错误，黑2逃出后，白便吃不掉黑棋了。

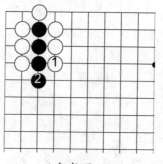

（参考图2）

从黑棋立场上看，当黑棋的3个子要被对方征吃了，就不要一个劲儿逃下去，免得越死越多。

● 卡吃：卡吃就是卡住对方的咽喉。这种吃法初学者不容易看出来。

图 2-20，图中的 2 个黑▲子，被白 1 这样卡住打吃，黑▲二子已经没救了。

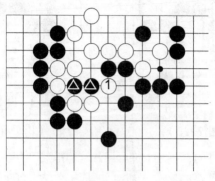

（图 2-20）

图 2-21，黑如走 2 接，由于白子紧住黑气，白子下在 3 位黑全部提掉。所以，黑 2 如果真的要接，也只能下在白 3 的位置，将后面两颗黑子连回家就算了，尽可能的减少损失。

● 叫吃：还差一步就提子的情况叫"叫吃"。

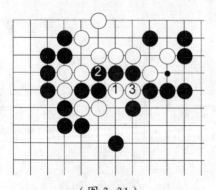

（图 2-21）

图 2-22，角上黑▲两个子处在差一步叫吃的状态，这时候黑要好好考虑，不能随便放置不理。

图 2-23，黑不理，白走 1 就把黑二子吃住了，即使黑再

走 2，白走 3 仍可把黑子提起来。

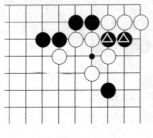

（图 2-22）

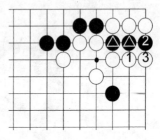

（图 2-23）

打吃的方向：从前边的图例中，知道打吃与逃吃。哪方先动手是非常重要的，吃子时要讲求方法，否则就会前功尽弃。

图 2-24，黑先：对于白△一子，黑应当怎么应付才对？

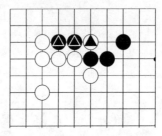

（图 2-24）

如参考图 1，如果黑 1 这样打吃，白 2 便可以逃，黑 3 再来追吃白时，反被白 4 位抱吃住黑▲二子，黑 5 时，白 6 可提起黑三子。

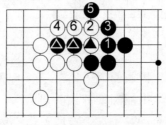

（参考图 1）

围棋的基本技术

如参考图2，如果黑3改成在这边挡，白4可以直接叫吃，至白6，吃掉黑子。

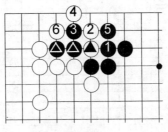

（参考图2）

如参考图3，即使黑1改成在角上扳，也不能改变被吃掉的命运。

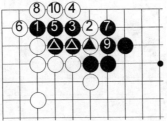

（参考图3）

图2-25，本图才是正确的走法。黑1应从这里打吃，白△子不能逃。白2若想逃，黑■子恰好阻住了白棋的出路，黑下在3位就把白两子提起来。

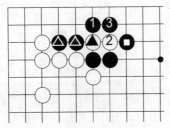

（图2-25）

练习题五

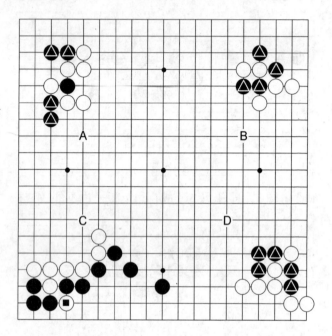

下一手应走哪里？

A. 黑先：黑▲四子即将被切断，怎样可以连在一起？

B. 黑先：黑▲四子已经四分五裂，怎样挽回劣势？

C. 白先：白□一子被俘虏，可以利用它获利吗？

D. 黑先：怎样走，黑▲五子才不致被分断？

练习题六

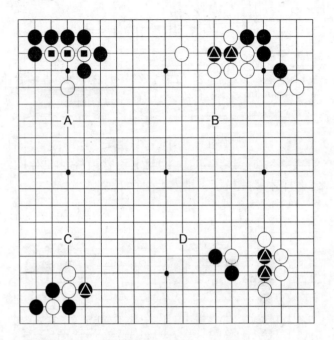

A. 黑先：如何吃掉白□三子？

B. 白先：如何吃掉黑▲两子？

C. 白先：应怎样处理此局面？

D. 白先：黑二子所处的位置有问题，白棋应走哪里？

第三节　棋子的生与死

我们在这一节中，把前面曾经讲过的什么是"活棋"、什么是"眼"的概念再大致复习一下，然后再介绍一个新的概念给大家——"假眼"。

一个棋子，处在对方棋子的包围圈中，虽然它还有气，但它的气终究是会堵满的，也就是说它最终是要死的。那么，怎么样才能使棋子在棋盘上生存下来呢？

1．"眼"的概念

如图2-26，

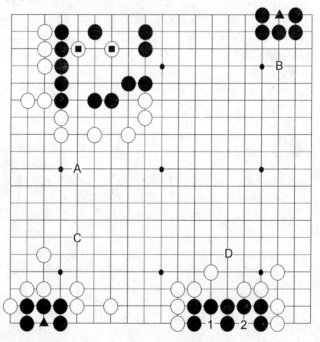

（图2-26）

围棋的基本技术

A 例：在黑棋的包围圈中，有白口两子，虽然它还没被叫吃，但却没有 1 个眼。像这种既无法做出两眼，又没有外逃出路的棋子，我们称其为"自然死亡"。

B 例：边线上用 5 颗棋子。围住▲这个交叉点，我们把▲点叫做黑棋的"眼"。目前，这个眼是白棋的禁入点。

C 例：白棋把这 5 颗黑子包围起来，黑棋是逃不出去了。虽然▲是它的眼，白目前不能放子。但当周围别处的气都填满之后，白再走▲位仍可以把黑棋提走。也就是说，一块棋只有一只眼仍然是死棋。

D 例：这块黑棋有 1、2 两个禁入点，也就是有两只"眼"。尽管白也把它们围了起来，填上别处的气，但在 1、2 两点上，只要黑棋自己不填子。它就永远是白棋的禁入点，这块黑棋现在的状态就是活棋。

2．不是活棋的眼——"假眼"

"眼"，分为真眼和假眼，"假眼"即使还有气，还不能马上提，但最终是要被提掉的。

图 2-27，还记得前面第一章第二节图 1-4 中提到过的例子吗？

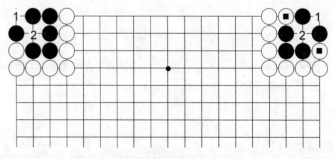

（图 2-27）

左上角：1 号、2 号阵地相互支援，使这块黑棋能够成活，这块棋是两个"真眼"。

右上角：这次白棋多了一子而黑棋少了一子。由于 2 颗白口子的存在，黑棋阵地出现了破绽。正是这两颗白口子抢占了关键的位置，令 2 号阵地显现致命裂痕。现在白棋只要放在 2 位，3 颗黑子就死了。

就是 2 颗白口子令黑角的 2 位变成了"假眼"。

不过，世事无绝对，也不能一概而论地认为假眼就是死棋，下面的参考图给出一个罕见的特例。

特殊例子——两个假眼的活棋

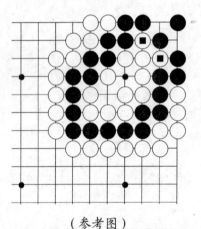

（参考图）

可以看出，黑棋大块被挤在两道白棋的铜墙铁壁之间，从结构上来看，两颗白口子更是掐住黑棋的咽喉，使得黑棋无法做出真眼来。可白棋眼睁睁看着这块黑棋的两个假眼，就是老鼠拉龟——无计可施。

3．"大眼"不等于活棋

图 2-28，角上这块黑棋，看上去好像不止 1 只眼，现在轮白走，能杀黑棋吗？

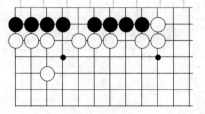

（图 2-28）

图 2-29，白 1 冲，黑 2 挡已是徒劳之举。因为 A 是假眼，被白 3 一扑，黑角无法一步棋成活。

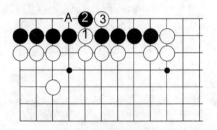

（图 2-29）

图 2-30，黑 4 想弃外面四子做活，被白 5 点、白 7 扳，全然不行。

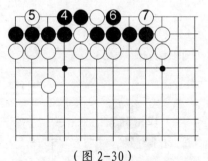

（图 2-30）

如参考图，不过，如果白 3 扑在左边，结果就会完全不一样。如图所示，白 3 挡时，黑 4 接上白 5、黑 6 过后才发现，黑棋已经有两眼了。

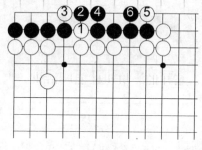

（参考图）

图2-31，这是一个围住了3个交叉点的大眼，黑棋是活棋吗？

图2-32，白走1位"点眼"，就可以把这块黑棋吃死。

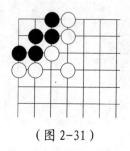

（图2-31）

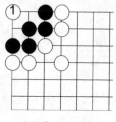

（图2-32）

图2-33，白点后，如果黑不走（因为黑不能在眼里填子），白走2可叫吃黑棋，黑3提后，白再于1处叫吃，就把黑棋吃死了。

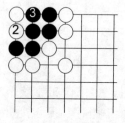

（图2-33）

4．如何做"眼"

● 做眼：就是设法使自己的每一块棋，至少具备两个对方的禁入点，也就是两个"眼"。对方即使收紧了外气也无法下子在里面，这样的一块棋才能叫活棋。

图 2-34，

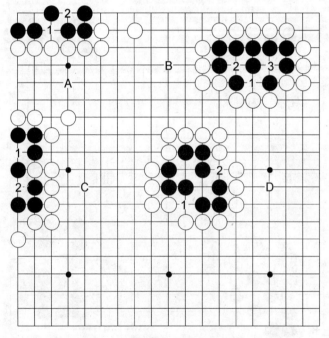

（图 2-34）

A 例：黑棋必须在 1 处补一手，两个眼才算完整。

B 例：如果白再 1 位一走，黑方的 2、3 位，两个眼全成假眼。

C 例：黑棋的 1、2 目前都是禁着点，但白棋只要收紧外气就能吃掉里面的黑棋，所以 1、2 位不是眼形，它们都是"假眼"。

D 例：当1、2 两处都没有白子时，黑棋也可以暂时不补棋。以后，白1 时，黑走2，白若走2，黑则走1，两点必得其一，所以这块黑棋不用补也是活棋。

练习题七（全部黑先下）

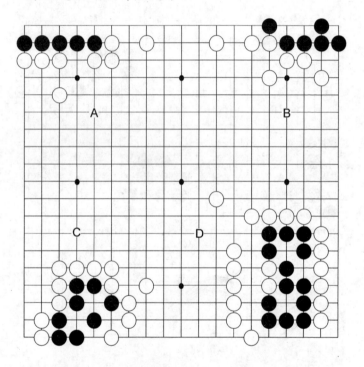

A. 黑先，走出活棋最佳下法。

B. 黑先活。

C. 黑先活。

D. 黑先活。

练习题八（全部黑先下）

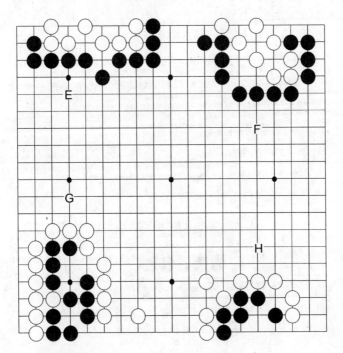

E. 黑先杀白。

F. 黑先杀白。

G. 黑先活。

H. 黑先活。

第四节　死活的基本形状

一块棋，并不是眼做得越多越好，而只要保证有两个完整的眼，就可以活棋。那么，围起的其他多出来的交叉点就可以算做它的"地"，完全没必要再去填满的。

1．不能点杀的活棋眼形：直四、曲四

图2-35，黑棋围住了一行4个交叉点，我们叫它"直四"。"直四"不用补也是一块活棋。

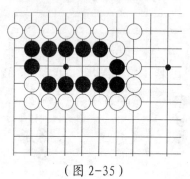

（图2-35）

图2-36，当白1点眼时，为了确保两只眼，黑棋要在A位应一手。

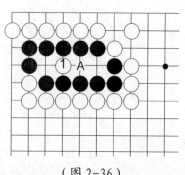

（图2-36）

图2-37，如果无视白1一子，白再走2位，黑棋的眼位不保。

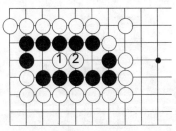

（图 2-37）

图2-38，也就是说，将来黑4提光里面的白子后，最终会变成了"直三"的棋形。

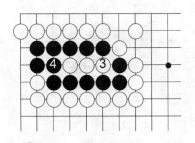

（图 2-38）

图2-39，轮白方走，白在中间一点黑棋全灭。

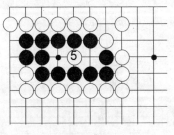

（图 2-39）

图2-40，与直四很相似的是"曲四"，它同样也是活棋。

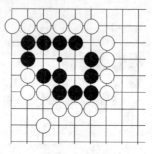

（图2-40）

图2-41，当白1点眼时，黑走2位，白走2位，黑走1位，两点必占其一，是活棋。

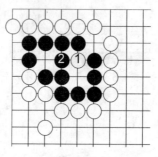

（图2-41）

2．不用点也是死棋的眼形：直二、方块四

不是所有围住4个交叉点的棋都是活棋，要看它的形状。

图2-42，黑棋围住的只是2个交叉点。它只是一只大眼，而做不出两只眼，我们叫它"直二"。

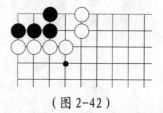

（图2-42）

图 2-43，这是围成了一个正方形的 4 个交叉点的棋，称为"方块四"，但是这块棋只能做出一只眼，是死棋。

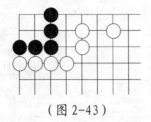

（图 2-43）

图 2-44，即使轮黑棋走，也一手棋做不出两只眼。黑 1 时，白 2 即在要害处一点，黑死。

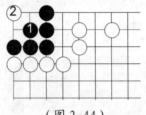

（图 2-44）

3．需要补棋才能活的眼形：直三、曲三、丁四、刀把五、梅花五、葡萄六

还有一些形状，即使完整地围住了 3 个以上甚至 6 个交叉点，但因为形状内部有缺陷，也不能完全活净，需要补棋。

图 2-45，黑棋围住了 3 个直线型的交叉点，呈一条直线，我们叫它"直三"。

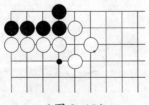

（图 2-45）

图 2-46，显然白 1 正点中要点，黑变成一只眼了。

图 2-47，黑棋围住了 3 个弯曲的交叉点，我们叫它"曲三"。

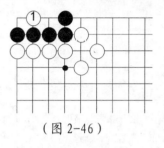

（图 2-46）

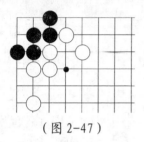

（图 2-47）

图 2-48，白 1 点中害，黑只剩一只眼。

图 2-49，黑棋围住了 4 个交叉点，是一个"丁"字形，我们叫它"丁四"。

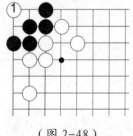

（图 2-48）

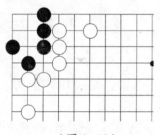

（图 2-49）

图 2-50，白 1 也正点中要害，黑马上便只剩下一只大眼了。

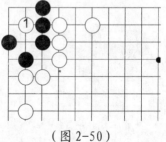

（图 2-50）

图 2-51，这个图形像一把菜刀，共有 5 个交叉点。

图 2-52，白 1 点在要点上，黑棋死。

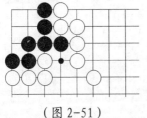

（图 2-51）　　　　　　（图 2-52）

图 2-53，此图黑空的形状像一朵梅花，称为"梅花五"。

图 2-54，白在黑空的重心位置一点，黑棋就死。

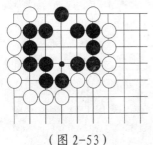

（图 2-53）　　　　　　（图 2-54）

图 2-55，在可以点杀的棋形中，这是围住的交叉点最多的，称做"葡萄六"，围住了 6 个交叉点。

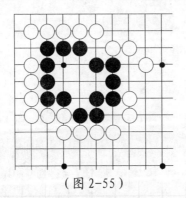

（图 2-55）

图2-56，首先，白棋要在将黑棋的外气全部收紧。准备工作做好后，像对付"梅花五"的眼形那样，白1也是在"重心"要害处点一手。

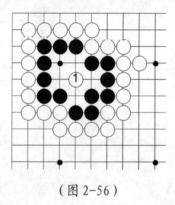

（图2-56）

图2-57，我们看一看为什么说它是白1点后就死了呢？白1点，黑当然不能在黑空里填子，只能任由白继续走2、3、4、5时，白棋已经在叫吃黑棋了，黑6非提不可。

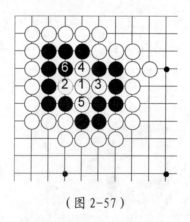

（图2-57）

图2-58，黑提掉白棋五子后变成了刚刚讲过的"梅花五"。白1再点，黑棋还是逃不了被歼的命运。

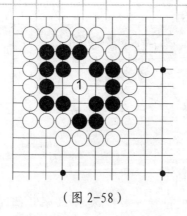

（图 2-58）

4．"大眼"的气数

直三和曲三都是 2 气；方四是 5 气；刀把五是 8 气；葡萄六是 12 气。

5．有缺陷的眼形：即使是曲四这种活棋的棋形，也有形状不完备的时候，须加以注意。

图 2-59，白先。这个棋形很常见，是曲四，按理不用补，但因为有了白△二子，黑棋内部出现了被断打的缺陷，此形不完整。

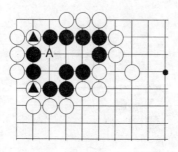

（图 2-59）

图 2-60，白 1 打吃，黑 2 非粘不可，白 3 长，这棋就死了。

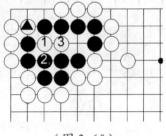

（图 2-60）

6．盘角曲四

角上的棋型总存在着特殊性，"盘角曲四"就是一个典型的例子。

图 2-61，黑棋围起了一个"曲四"，它外部完整，似乎应该没问题了。但问题就出在它是在角上，有其特殊性。

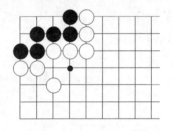

（图 2-61）

图 2-62，白 1 托，黑 2 只好开劫，白 3 提，黑角成劫杀。

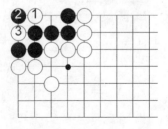

（图 2-62）

图 2-63，白 1 点时如果黑脱先不应，白继续走 2、3 叫吃。

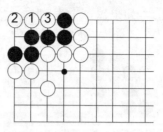

（图 2-63）

图 2-64，黑 4 提白三子，白 5 再点，黑角全灭。

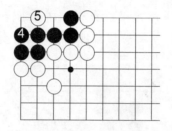

（图 2-64）

图 2-65，这是另一种盘角曲四的形状，它的外围还没紧气，是活棋吗？

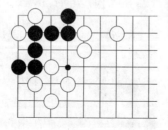

（图 2-65）

图 2-66，这个棋形对于黑来说，绝不可能考虑吃掉白二子。因为只要黑棋一走在 A 或 B 点时，白棋会立刻在 C 位接，

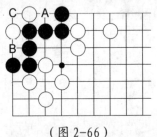

黑棋吃掉白棋后留下一个"曲三"的形状。前面说过,"曲三"是可以点杀的。如果黑棋不走的话,这个形不就是"双活"吗?

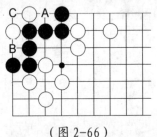

（图 2-66）

图 2-67,上图对黑棋来说,确实是"双活",但那只是"暂时的双活"。等到棋局即将结束时,白棋就可以动手杀黑了。首先还是要将黑棋的外气收紧,然后白 1 接上二子。

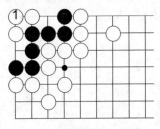

（图 2-67）

图 2-68,黑 2 不敢动,只好脱先,白棋继续走 3,黑 4 提四子。

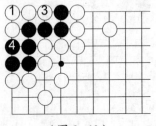

（图 2-68）

图2-69，白5托，黑6只有开劫，白在A位提。这时要注意：前面说过，白棋不走时，黑棋也不敢走，现在已是棋局快结束的时候了。而白棋在动手杀黑角前，应该将自己所有的劫材尽量补好。准备工作做好后，才开始动手杀这个黑角。由于白棋是先手劫，当白棋在A位提掉黑6时，黑棋没有任何的劫材，只能眼睁睁看着黑角被杀。这就是一句有名的围棋格言所说的："盘角曲四，劫尽棋亡"。所以，当实战出现图2-65这样的棋型时，不管它有几口外气，基本上可以认为是个不能活的棋形。

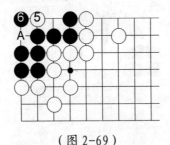

（图2-69）

图2-70，黑先看上去好像还是盘角曲四，黑棋能活吗？留意黑棋的上边比图2-61多出来一路，而且还有3口外气。

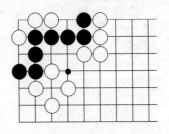

（图2-70）

图2-71，黑1紧气，白2接，黑3提白四子。

图2-72，白1再点，黑2扑，白3提。

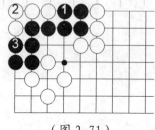

（图 2-71）

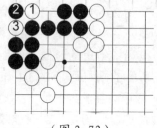

（图 2-72）

图 2-73，这时因为黑棋还有 3 口外气，黑 4 还可以再紧气，A 位成了白棋的"禁入点"，白棋不能在 A 位接了。

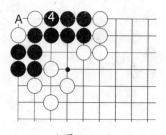

（图 2-73）

图 2-74，白 5 只好紧外气，黑 6 提白两子活棋。

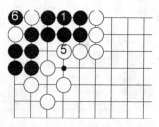

（图 2-74）

这个棋型是有名的"涨牯牛"，黑角是活型。

如参考图，如果黑 1 时，白在 2 位收气，黑 3 打，也是"涨牯牛"。

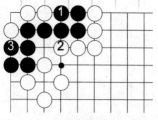

（参考图）

自己动手试试看，图2-65的黑角，如果只有2口外气会怎样？

练习题九（A黑先　B黑先　C白先　D白先）

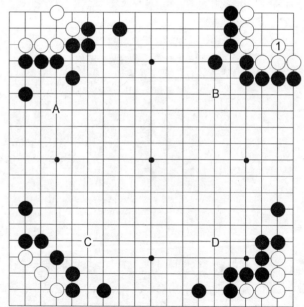

A. 黑先，白角还不干净，黑走哪儿可吃掉白棋？

B. 白1补活，但下的位置有问题，黑棋能得到利益吗？

C. 白先活。

D. 白先活。

第五节 "打劫"在实战中的应用

前面已经讲述了关于"打劫"的规定，本节则用一些简单的事例讲一下它的实战中的应用。

1．打劫通连

图2-75，很明显，黑角地做不出两眼，只能向外面逃命。黑1提劫，确保黑大龙不被切断。图中的白棋即使劫败也没什么损失，但黑棋一旦劫败，整个角部就会被吃掉。我们形容这个劫是"白轻黑重"。

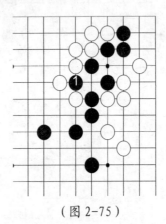

（图 2-75）

2．打劫活棋

有时候，自己的棋处于包围之中，要活棋只能通过打劫才能做到，这就需要对打劫有比较深刻的认识。

图2-76，左上角，黑1打吃，白棋如果在B位接，黑棋在A位长进去，则白角只有1个眼，是死棋。想活棋的话，只有在A位开劫，如果黑棋退让在C位接，白棋可以在B位接上活棋。

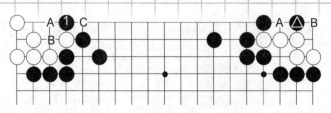

（图 2-76）

右上角，黑▲子点在内部，黑棋只有在 B 位扑劫，才能做出 2 个眼。

3．三劫连环

图 2-77，围棋之中偶尔也会出现"和棋"的情况，如图，轮黑走，黑棋在 A 位提劫，白棋在 C 位提，黑棋又在 B 位提，如此反复循环。因为双方都不需要另找劫材，只要在这 3 个"劫"当中轮流提劫就行了。如果大家都不肯退让，就会形成难得一见的和棋局面。

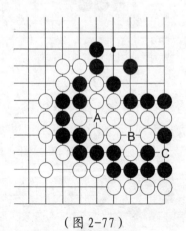

（图 2-77）

4．打二还一

有一种棋形，看上去很容易和打劫棋混淆，但其实质又和打劫有明显，我们要分辨清楚。

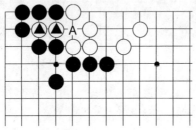（此处含少儿围棋初级教程标识）

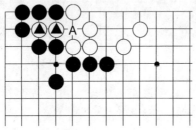

图 2-78，如图，轮黑棋走，黑走 A 点就能把白△二子提起来。

（图 2-78）

图 2-79，这时黑 1 走后提起两子的棋形。

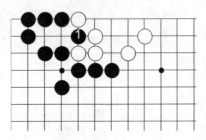

（图 2-79）

图 2-80，白棋不用去找劫材，能马上走 2 回提黑棋一子，因为两边的形状并不同形，这在围棋术语里叫此为"打二还一"。除打二还一外，还有打三还一，打四还一等。

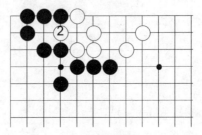

（图 2-80）

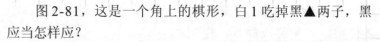

图2-81，这是一个角上的棋形，白1吃掉黑▲两子，黑应当怎样应？

图2-82，白1吃后，黑2马上回提，白如果在A位再打，黑则在1位接上活角。

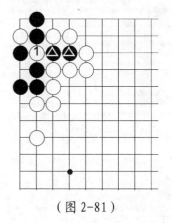

（图2-81）

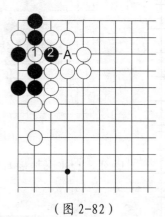

（图2-82）

图2-83，这是在中央的战斗，黑吃白△两子，白如何迎战？

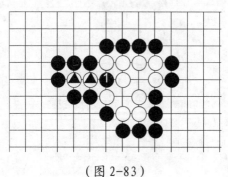

（图2-83）

图 2-84，白 2 当然要打二还一回提一子，否则被黑棋在 2 位粘上，A 位成假眼，白大块全灭。

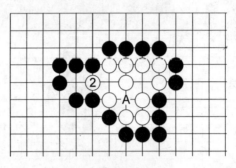

（图 2-84）

图 2-85，白 1 吃掉黑▲五子，黑如果被分断会整体不活，怎样挽救不利局面？

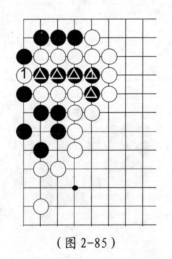

（图 2-85）

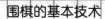

图2-86，黑棋被分割，一边各有一只眼，不采取措施不行。

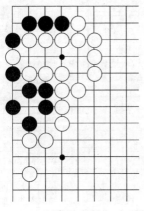

（图2-86）

图2-87，黑2打五还一，回提一子得以连通，虽然损失惨重，但主力部队安然无恙，至黑6已成活。

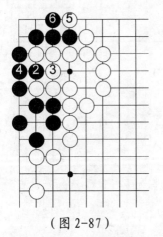

（图2-87）

练习题十（全部白先下）

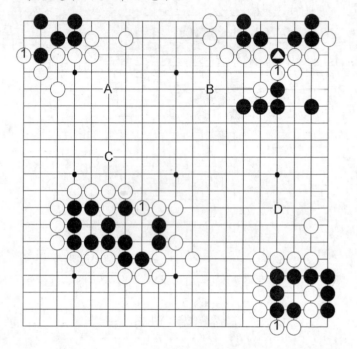

A. 白1打吃黑一子，对此，黑能不能粘，要考虑清楚，不要匆匆落子。

B. 白1挡住黑▲回家的去路，应不好的话，整块黑棋无条件净死。

C. 白1打吃，黑棋大块要束手就擒了吗？

D. 白1退，黑九子好像要死光光，有没有脱险的方法？

第六节 "杀气"的概念

两块都没有两只眼的棋，纠缠在一起，就要比气的长短，通常气长者会赢得最后的胜利。

1. 气数的比较

图 2-88，

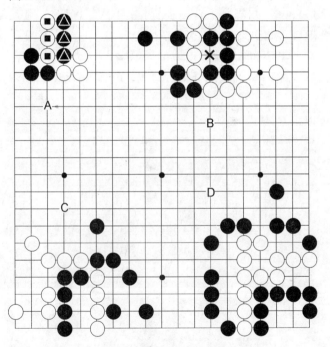

（图 2-88）

A 例：这是一个典型的比气的棋，黑▲三与白口三子双方需要靠比气来决定存亡。很显然，黑、白双方都各有 2 口气。就是说谁先走，谁就能把对方吃掉。

B例：刚才是黑子与白子之间没有公共交叉点的比气情况，现在本图的黑白中间在"✕"位存在一口双方共有的气，我们来数数双方的气，现在黑白双方各有2口外气，中间还有1口公气，黑先走会怎么样？白先呢？

C例：看上去和B例差不多。但请留意，双方的公气有3气。

D例：这是一个角上的大型对杀，最里面的黑棋是个"刀把五"，外围的白棋有8气，还带着一只眼。黑白双方之间有2口公气，回想一下，前面提到过的"刀把五"有几气？这个形最后的结果应该是什么？

在A例里面，谁先走就能杀对方。

看下图的B例。图2-89，黑1先收外气，当然至黑3，快一步杀白。由于双方的外气、公气条件一样，所以谁先走，谁就可以杀对方。

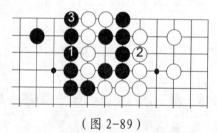

（图2-89）

如参考图，黑1先收公气，结果铸成大错，被白2在外面紧一气后就已被叫杀。

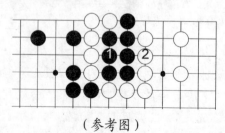

（参考图）

图 2-90，在这个例子里面，黑 1、3、5 先紧外气是正确走法，白 2、4 也紧黑棋外气。但下到 6 时，大家都不能再下子了，双方成共活。

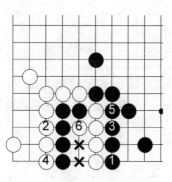

（图 2-90）

如参考图，黑 1 先紧公气，被白 2、4 在外面收两气后，竟能快 3 气杀黑，可见先收公气是一个多么严重的错误。

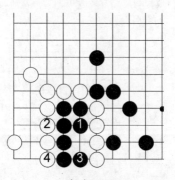

（参考图）

结论：当双方对杀时，一定要先收紧对方的外气，然后再收公气。

图 2-91，这个图例将提到"内气"的概念，要留意"内气"与"外气"、"公气"有什么区别。白棋先收黑棋的"内气"，是正确下法。

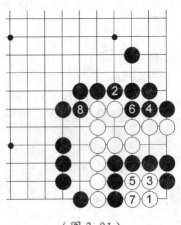

（图 2-91）

图 2-92，白 11 时，黑棋被叫吃，黑 12 必须吃掉白棋的 4 子了。

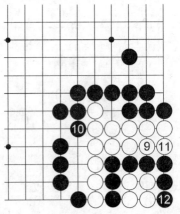

（图 2-92）

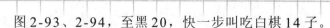

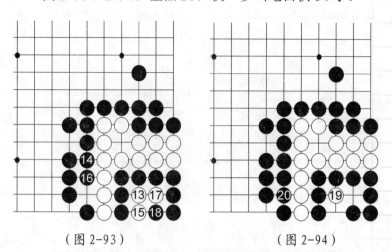

图2-93、2-94，至黑20，快一步叫吃白棋14子。

（图2-93）   （图2-94）

注意：请认真考虑一下，黑棋和白棋的气数都是8气，白棋的次序并没有错误，而且双方之间还有2口公气。为什么先动手的白棋还会被吃掉呢？这里涉及到一个有趣的概念。

对杀时，哪一方有大眼，公气就可以算做哪一方的外气。

2．没有眼的棋如何比气

图2-95，黑3子与白3子进入对杀状态，黑先走，怎么下才能杀白角3子？

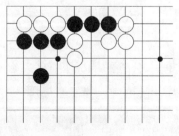

（图2-95）

图2-96，黑1扳在角上是正着，随后的白2接、黑3打结束战斗。

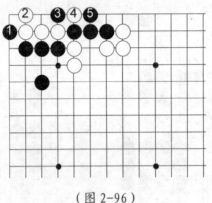

（图2-96）

图2-97，黑1扑是错着，由净杀变成打劫，失败。

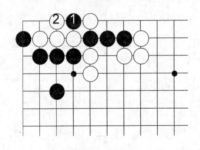

（图2-97）

3．双活

在两块棋之间有公气的情况下，经常会出现"双活"的局面。双活也叫"共活"，属于活棋的一种特殊类型（即没有眼也算活棋）。

图2-98，图中的黑与白互相断开，双方都没有眼，只有3口公气，那么这两块棋谁死谁活呢？

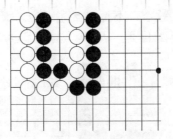

（图 2-98）

图 2-99，黑走 1 位，之后，A 和 B 谁也不能填子了。因为谁先放子，都将会被对方提起来，这种状态称为"双活"。

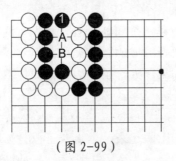

（图 2-99）

图 2-100，这是双方各有一只眼的双活。双方的公气——A 点，谁也不能去占，将来在数子时，B 和 C 都填上子，A 点双方各算一半来数棋。

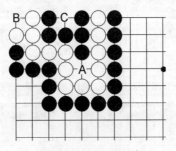

（图 2-100）

图2-101，这个形不是双活，因为角上黑棋是假眼，所以这两个黑子是死棋。

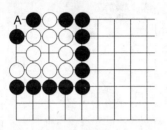

（图2-101）

4．双活的瓦解

双活，是指在某个局部，双方都没有两眼，但因为气紧的缘故，无法杀死对方的特殊类型。但它不是任何情况下都一成不变的。如果因外部棋子的变化而使双活受到影响，称为"双活的瓦解"。

图2-102，左上角是双方各有一眼的双活，但最外边的白五子把黑▲八子围困起来，黑▲八子已是死棋，因此影响到角上的双活棋。白再走A、B紧气，把外面的黑八子全部提起来，角上的黑三子的双活自然变成了死棋。

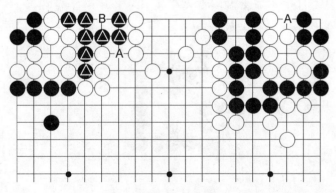

（图2-102）

因此，在双活外围的黑棋，应当像本图右上角那样，是处于活棋的姿态，并且一直保持到终局。这样，双活的情况才不会改变。

5．有眼杀无眼

双方杀起气来，不是吃掉对方，就是被对方吃掉，再有就是双活，只有这3种情况。我们已经了解到双方无眼，与双方都有眼的比气的棋。下面，我们看一下一方有眼，另一方没眼的两块棋如何比气。

图2-103，在比气的两块棋中，白棋有2口外气，黑棋在A处有1只眼。在双方有2口公气的情况下，是谁胜谁负呢？很显然，白不能走B点紧黑方的气，因为那样自己会因为气紧被吃。黑虽然也不能走B点，紧白的气，但黑棋可以从外边走黑1，黑2来紧白方的气，白难免一死。

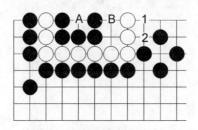

（图2-103）

这就是围棋中常说的"有眼杀无眼"即"眼杀"。一眼可以看出，由于黑方有眼，白棋已经死掉了。

不过，"有眼杀无眼"也有一定的条件，如果上图的白棋再多1口外气，结果会变成无眼杀有眼的棋。

6．双方各有一只眼的对杀

双方各有一只眼的棋，那就比外气的长短。

图2-104，黑白都各有一只眼，但白有2口外气，黑棋无外气，轮白棋走。

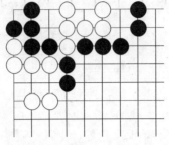

（图 2-104）

图 2-105，白走 1、3 位紧气，黑 2、4 紧外气，白棋快一气走，白 5 可把黑五子全部提掉。

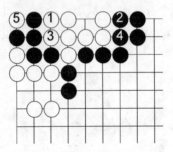

（图 2-105）

图 2-106，反过来若是轮到黑棋先走，黑 1、白 2、黑 3 后，A 点成为双方共有的气，谁也不敢占，变双活。

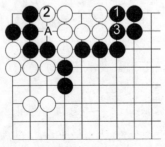

（图 2-106）

练习题十一

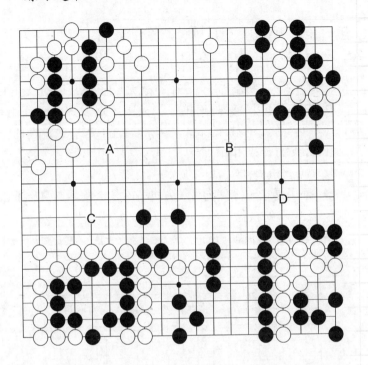

A. 黑先：这一题看似简单，但却是本书中最为复杂的对杀题。因为手数很多，所以要认真推敲每一步棋。

B. 轮到白棋走。里面的黑角"刀板五"是几气？对杀结果如何？

C. 轮到白棋下。显然，右边的白棋已经跑不掉也没有眼了，惟一的出路就是杀掉左边的黑大块棋。第一步是胜负的关键，下成打劫就算失败，谨慎。

D. 白先：白棋不能脱先，但下一步的选点不可随意，否则可能会招来不必要的麻烦。

第七节　围棋基本战术手段

这节介绍一下吃子的方法，也就是吃子时常用的一些手筋，所谓"手筋"，就是使棋子最大限度地发挥它的作用。可以一着达到两三着棋的效果，在棋局之中起着关键性的作用。下面我们分别介绍。

1. 征子和引征

● 征子是指一方打吃另一方棋子时，令其始终只有1口外气，直至来到棋盘边缘时，对方棋子气尽被杀。

● 引征是指被征子的一方，在被征子的必经之路下子，以接应被征子的下法。

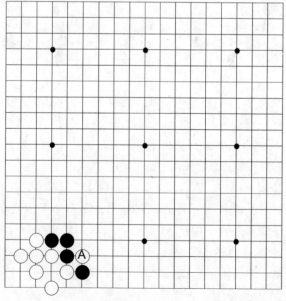

（图2-107）

围棋的基本技术

"征吃"是最基本的吃子方法之一，甚至有一种"不懂征子就等于不会下围棋"的说法。关于"征吃"，前面已有简单介绍，但作为吃子方法，还要进一步的讲解。

图2-107，白在A断，黑棋怎么应？

图2-108，黑第一步棋当然可以考虑在▲长，但被白棋在2或4位跑出去，一旦吃不掉它，就会陷入两面作战的艰难处境。所以最好是一了百了的在1位打吃，如果白2想跑的话，黑3就顶在它出头的方向，其后的进程就会像本图那样，白棋跑到最后只是死路一条。

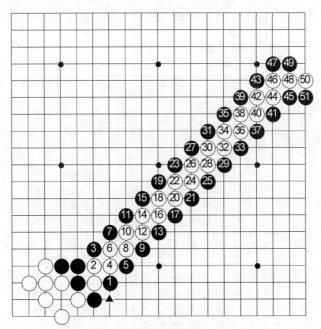

（图2-108）

若棋下到这个份上，只怕神仙也挽救不了白棋即将惨败的命运了。

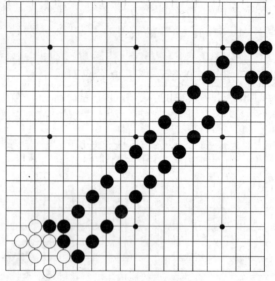

（图 2-109）

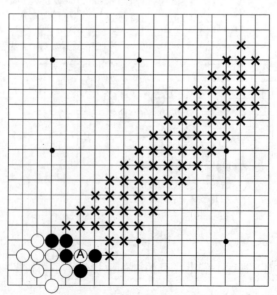

（图 2-110）

读者也许会奇怪，这些"×"代表什么呢？先自己开动脑筋想一想，好吗？

这些"×"，代表黑白双方的行进路线，如果在路线上有一颗白子，那黑棋的征子还能成立吗？答案是不能成立。

如果你认真考虑过图 2-110 的问题，那就不难解开眼前的难题了。

图 2-111，黑带▲的二子处于被征子吃掉的危险，黑 1 挂角，能起到引征的作用吗？

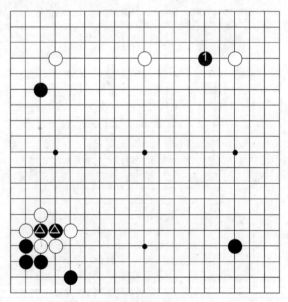

（图 2-111）

图 2-112，如果白 2 随手应，被黑棋跑出来。当走到黑 41 一子时，和当初挂角的那颗黑子汇合，黑棋大龙有了 3 口外气。此时黑龙两边的白棋成了可以任意射击的活靶，随便哪个点上放颗黑子都是双叫吃，白棋哪还有不崩溃的道理呢？

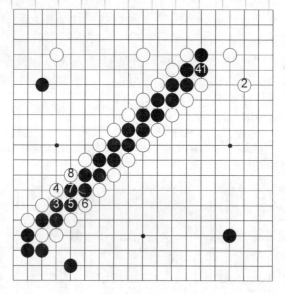

（图 2-112）

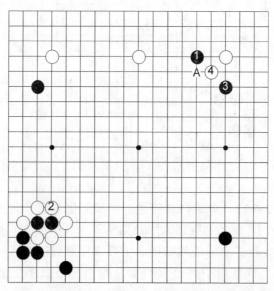

（图 2-113）

图 2-113，所以，当黑 1 挂角时，白棋最妥善的应法是走 2 位提二子，得到一个厚实的"龟甲"棋形，然后在右上角和双挂的黑棋展开战斗。当然，白 2 也有 A 位靠等走法进行反引征。但这个下法过于复杂，初学者比较难以控制局面，建议还是选择本图的下法较好。

2．宽一气征吃

指运用类似征子的手法将对方的棋子逼至边线，利用边线上的棋子少一气的特点杀棋。要点是：自己在延气的同时，始终保持让对手只有 2 口气。

图 2-114，与征吃形状有些类似，但不是差一气就提。常在边角上用这种吃法，有些书籍又称此法为"送佛归殿"。

图 2-115，这是一种吃棋的技巧，黑白双方带记号的棋子都是 3 气，白先走，请注意行棋方向。

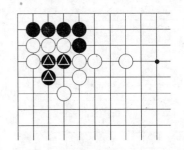

（图 2-114）

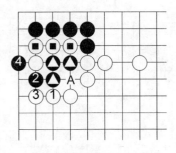

（图 2-115）

白在 1 位准备吃黑▲三子，可惜走到黑 4 时发现自己反倒差一气被吃，这是怎么一回事？

图 2-116，其实，这还是白棋第一步行棋方向错误造成的。白 1 应该从下方贴住黑棋的同时，自己也延了一气，而这一点是十分重要的。黑 2 长，白 3 顶住至白 7，白棋快一气杀黑。在进程中，白□一子发挥了重要作用。

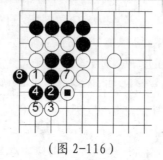

（图 2-116）

3．封吃

指在围捕对方比较气紧的棋子时，利用本方棋子原有的配置，拦住对方棋子外逃的退路。

"封"，也叫做"罩"或"门"，都是围棋中吃子的术语，与"征"一样，也属于基本的吃棋技巧。

图 2-117，

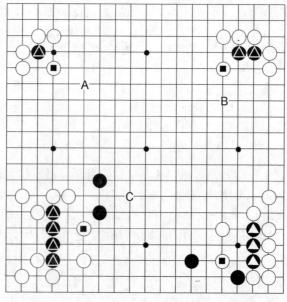

（图 2-117）

A 例：白□枷，黑▲一子逃不掉。

B 例：白□罩，黑▲二子不能动弹。

C 例：白□虚罩，将黑▲四子锁定在包围圈中。

D 例：白□这一着棋，用"刺"来形容比较妥当。不过从效果来看，也可以算做"罩"，黑▲三子肯定跑不掉了。

4．扑

指在对方的虎口内投子，以达到减少其"内气"，并尽快对其形成叫杀的局面。

"扑"也是围棋中最基本的吃子方法之一。下围棋的人必须掌握它。

如图 2-118，轮黑走，不吃掉白□ 3 子，黑棋角上 5 子必死无疑。

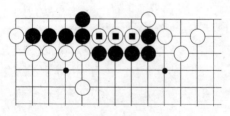

（图 2-118）

图 2-119，黑棋的正确下法是：黑 1 扑，白 2 提。

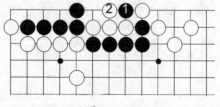

（图 2-119）

图2-120，黑3打吃，白棋已经不能接了。

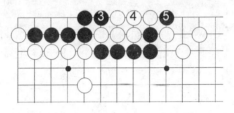

（图2-120）

5．接不归

指一方利用对方棋形上的缺陷，制造出对方出现至少有2个以上气紧的连接点，致使对方一连串棋子在被打吃时，无法及时将棋子全部连回家情况。

"接不归"有时需要往对方虎口中送一子，紧对方一气而把对方吃掉。下面我们举例说明。

图2-121，白9子已经四分五裂，乱局中最引人注目的显然是黑▲三子，只有吃掉它们，白棋才能摆脱困境。

图2-122，白棋无论走A位还是B位都不行，倒不如试试走1位挖。

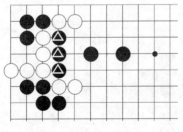

（图 2-121）

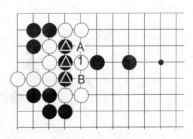

（图 2-122）

图2-123，黑2、4试图反抗，被白3、5挤打。

图2-124，黑棋出现A、B两个断点，已经连不回家了，原来图2-122的1位才是黑棋要害。

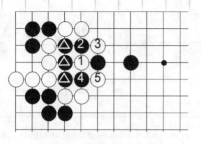

（图 2-123）

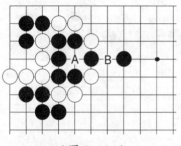

（图 2-124）

图 2-125，黑 10 子被围困，不想出点儿非常手段，就无法挽回败局。

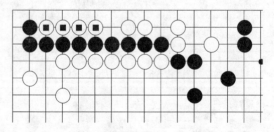

（图 2-125）

图 2-126，黑 1 冲，黑 3 再冲，然后黑 5 再冲，黑 7 断，这是杀白棋的正确次序，以下变化如图 2-127 至 2-129。

至黑 17，白棋全体被灭，留意黑▲的作用。

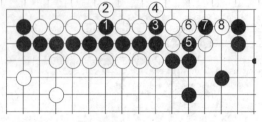

（图 2-126）

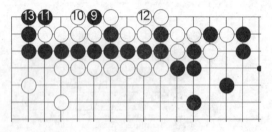

（图 2-127）

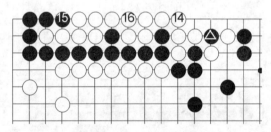

（图 2-128）

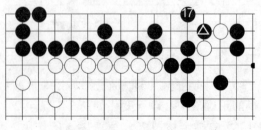

（图 2-129）

图2-130，这是两位业余棋手之间的对局，轮白走。

留意一串带▲记号的黑棋，棋局进行中，这些黑子已经不知不觉踏在悬崖边缘了。

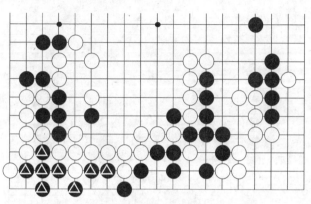

（图2-130）

图2-131，白1抓住时机，做了一个黑重白轻的劫。黑2提，白3接，这时黑棋才突然发现，自己的黑▲8个子已经连不回家了。其实，当白1扑、3接时，黑赶快在A、B位接上，还不至于发生下图的惨剧。

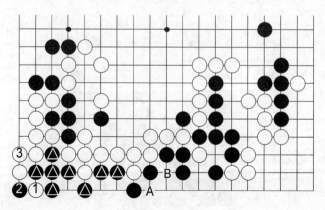

（图2-131）

99

图2-132，可能是因为左下角被白棋连续提成蜂窝状，黑棋晕头转向之余，犯了一个业余棋手常犯的低级错误，随手在1位接，被白2打吃后，黑棋才如梦初醒：自己的黑大龙被无条件杀光了。

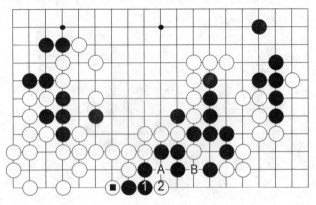

（图2-132）

如参考图1，黑1接，白2打，黑3接。原先黑棋阵营里的一颗白棋残子白□，此时就像定时炸弹一样突然爆发。白4打，黑大龙全灭。

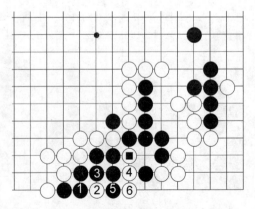

（参考图1）

如参考图2，如果黑3改下在这里，白4提掉黑三子后，黑棋无法同时在A、B两点做眼，还是被杀的结局。

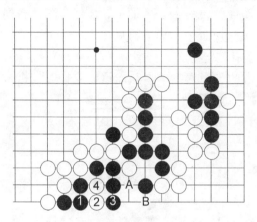

（参考图2）

如图2-133，其实，如果黑棋能审视局面后冷静地在1位虎或在A位立，还能靠打劫支持一会儿，局面虽落后，还不至于速败。

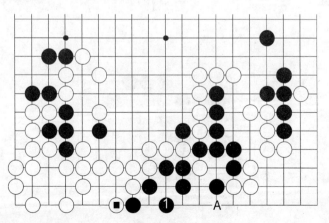

（图2-133）

这个例子想要告诉大家的是：接不归的棋是不能从外面连的，否则会越死越多，至少应该先从"家里"较安全的位置开始连接，如图 2-131 的 A、B 位；越是遇到困境就越要冷静下来，判断一下局势再做出下一手的决定。

6．倒扑

在对方的虎口内下子，从而达到吃掉对方棋子的手段叫"倒扑"。

图 2-134，白□一子扑进黑棋的虎口，是自杀吗？再看下面的变化。

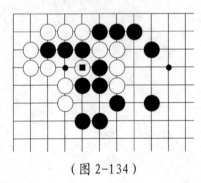

（图 2-134）

图 2-135，黑 1 提。

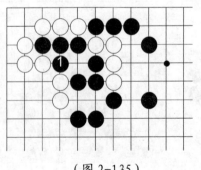

（图 2-135）

图2-136，白2在原来白□子的位置反攻倒算，这一次，把黑棋四子连根拔掉。

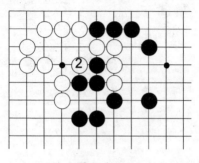

（图2-136）

图2-137，黑1打吃，意图弃掉黑五子活角，白棋看上去难以兼顾。

图2-138，白1好手，既将白□三子连回家，又将黑▲五子收入囊中，黑角自然死亡。

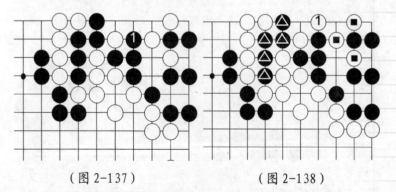

（图2-137）　　　　　　　（图2-138）

如参考图1，黑2提白□一子，被白3立即倒扑，在白□位反提掉黑六子。

如参考图2，如果黑2试图下在这里当然也不行，白棋立刻下在3位吃掉黑棋。

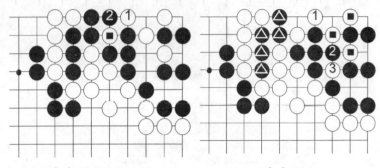

（参考图1）白 3=□　　　　　　　　（参考图2）

7．金鸡独立

一方的棋子在二线下立到一线时，另一方包围它的棋子在两边都无法紧气杀它，这种情况就叫做"金鸡独立"。

图2-139，白1下立，两边的黑棋都因为气紧而无法下子，造成"双活"的局面。

图2-140，白1扑，好像是看错了棋，下错了位置，其实是另有图谋。黑2做眼，本想活得大一些，不料犯下大错。

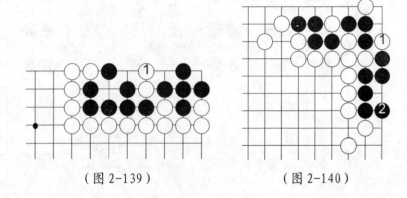

（图2-139）　　　　　　　　　　（图2-140）

图 2-141，白 3 "金鸡独立"，因为 A、B 均不能下子，可怜的黑棋这时才发现角部已经有了大麻烦。

如参考图 1，如果黑 4 提，白 5 连回角上一子，还是 "金鸡独立"，这样黑角必死无疑。

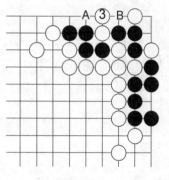

（图 2-141）

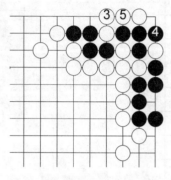

（参考图 1）

图 2-142，不过，黑棋还可以利用角部的特殊性做文章，黑 4 扑是活棋的 "手筋"。

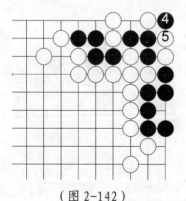

（图 2-142）

● "手筋"，是指局部攻防时，能够一举改变战场局势的巧妙手段。

图 2-143，白 5 提，黑 6 提白二子，白 7 打二还一，黑 8 接上。

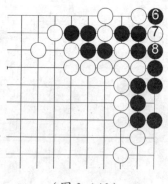

（图 2-143）

图 2-144，此时白棋已经获利，可以在 A 位后手吃掉黑 4 子。但假如自己局势不妙，而又劫材丰富的话，也可以考虑在 B 位紧气，做出一个"缓一气劫"硬杀黑角。

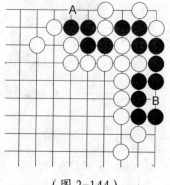

（图 2-144）

8．倒脱靴

● 指一方先牺牲数子让对方吃掉，然后在同一位置继续下子，再吃回对方几子的方法。

图2-145，黑1打吃，白棋的边上好像要全灭，有妙手活棋吗？

图2-146，黑1打时，白2在上面反打，黑3提白四子。

图2-147，原来白4还可以利用"倒脱靴"再回头打吃黑二子，白棋成活。

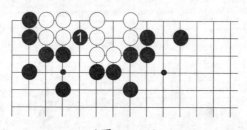

（图2-145）

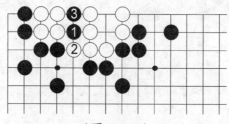

（图2-146）

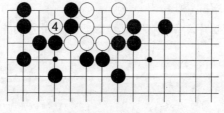

（图2-147）

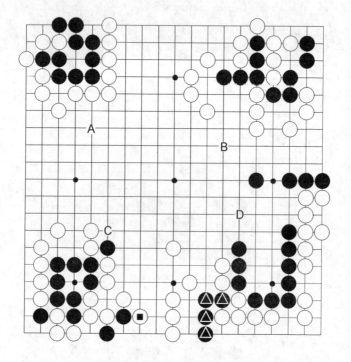

练习题十二（全部黑先下）

A. 角上的黑棋只有一只眼，想一想有什么活棋的妙手？

B. 角上黑十子被分割包围，想活棋只能考虑吃掉部分白子，怎么吃呢？

C. 白□打吃，黑角似乎没了活路，但白□其实犯了严重错误，怎样抓住战机？

D. 边上黑▲四子孤立无援，怎样利用它们充分获利？

练习题十三（全部白先下）

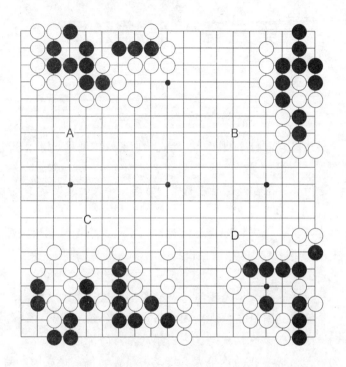

A. 左上的黑棋好像很安全，其实有缺陷，白棋怎么走？

B. 右上的黑棋能活吗？白先走，有什么手段？

C. 左下的黑棋看上去眼位很多，白棋只有净杀才算成功。

D. 别去想开劫，白棋其实可以净杀黑角。

第三章　怎样开局

弈秋教棋

　　战国时期有位名叫"秋"的人特别喜欢下围棋，潜心研究，终于成为当时的第一高手。人们不知道他姓什么，就都叫他弈秋。这"弈"在古代是专指围棋的意思，今天的意思起了变化，成了动词，意思是"下"棋。据说围棋棋盘的道数在春秋战国时期发展成十七道，可惜无以为证。不过，东汉时期的棋盘肯定是十七道，这可以从近代出土文物河北望都"东耗仕女图"清楚地看到。

　　话说弈秋不仅棋艺高超，而且围棋的理论水平也较高，据传"金角银边草肚皮"这则围棋格言是他总结发现的。这句格言的意思是什么呢？就是说下围棋的占角的价值比占边大，占边的价值又比占腹的价值大。这是由棋盘的特定构成决定的：占角地时可以利用两条公共边，占边空时只能利用一条公共边，而占腹地却没有公共边可利用。计算一下围起相同数目的地在角、边和中腹各需要多少子，可以清楚地知道三者价值的大小。

　　由于弈秋的围棋下得好，又通棋理，很多家长就把自己的孩子送去向他学棋。古时候向师傅学棋可不是每个人都有的好运气，不像今天在学校里有向老师学棋的好条件。弈秋在众多小孩子中挑选了两个，这两个小孩各有特点，都非常聪明。一个孩子6岁，已经会计算棋盘的总交叉点数，听老师讲棋时注意力非常集中，秋老师给她取名叫弈实；另一个孩子8岁，对围棋的着法名称很熟练，什么飞呀、尖呀、打呀、立呀、并呀、跳呀、单关呀、枷呀，都知道形状是怎么样的，还知道秋老师总结的"金角银边草肚皮"的道理，最大的优点是志向远大，决定要成为就像秋老师一样的"大国手"，秋老师给她取名叫弈虚。这"虚"和"实"其实也是围棋中的术语，是下好围棋必须具备的两个方面。开始讲课时，实和虚都能够认真地听讲，掌握了围棋的基本知识，学会了下棋的基本着法。

一段时间后，比较聪明的弈虚水平超过了弈实，就觉得自己很了不起，小尾巴翘了起来，听讲的时候开始不用心了，有时候天上飞过一群天鹅，他就想要是自己可以拿弓箭把它射下来该多好啊；有时树上的知了在欢叫，他又想着怎样捉回家里玩。

久而久之，弈实的水平就慢慢地超过了弈虚。再过一段时间，弈虚竟然完全不是弈实的对手了。

（这个故事告诉我们干任何事情都要专心致志、持之以恒。）

第一节　围地的条件和行棋的效率

在了解围地的条件之前，首先应该了解什么是"地"的概念。前面已经提到过了，围棋共有361个交叉点，两个棋手轮流下子，一直到再也没有地方可占领时，一盘棋就结束并开始计算黑白双方各自占有的交叉点数。那么它们各自占领范围中的交叉点，就是所谓的"地"了。

也许有人会想到，如果两个棋手水平不相上下，你一步我一步的下子，岂不是先下子的黑方永远会占便宜？事实正是如此。因此，为了解决这个问题，随后就出现了执黑先行的一方，到了终局计算胜负时，要贴目给白方。这样就会对先行有利、后行不利的情况起到一个平衡的作用。

当然，如果你下的子没有可以使它活下来的"眼"，就是死子，这些地盘只能算是对手的。

所以，围地的基本条件就是：首先你要想办法让你下的子成为活棋，其次要占领尽量多的交叉点。

每个棋手在下围棋时，都希望能尽可能好地达成上述那两个目的，可是别忘了，你的对手也在想着同样的事情啊。大家一起吃一口锅里的饭，如果你希望比对手吃的多一些，就要想点技巧才行。

这种技巧在围棋里，就叫"行棋的效率"。

在日常生活中，很多事情都可以想出提高效率的窍门。比如选择最近的路线回到学校；怎样用最少的钱合理分配，应付一天的开支等等。

在围棋中怎样找到这种高效率的方法呢？

我们可以尝试一下，怎样以最少的棋子，就可以在棋盘上做活这方面来找到答案。我们在棋盘上不同的位置摆出几种可以活棋的图形。

在图3-1中，图例A是黑棋活在边路的例子，图例B是活在角上，图例C是活在中央这3个不同位置。黑棋花费的子数分别是8颗子、6颗子和10颗子。很明显，同样围出2目地，但活在角上的黑棋只用了6颗子，行棋的效率无疑是最高的。

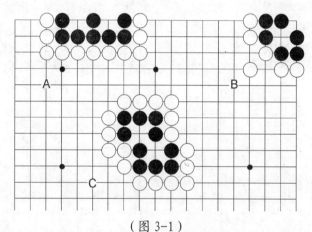

（图 3-1）

所以，在角部先下子是比较符合提高行棋效率的要求，其次是边上，最后才走中腹。

这就是围棋爱好者常挂在嘴边的：金角、银边、草肚皮。

第二节　围地的方法

　　如果下棋时，因为害怕被对手吃掉自己的棋，而采取"链式"防守战术，能不能保证战斗胜利呢？我们通过下图进行分析。

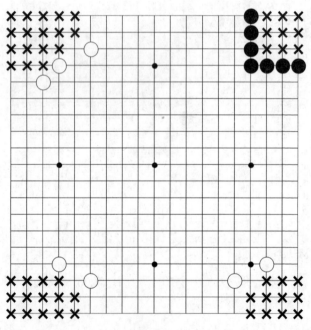

（图 3-2）

　　我们看到，黑白双方各走了 7 手棋，黑方走的就是所谓的"链式"防守走法。图中的"×"代表双方围出的地。黑棋很明确地围出了 9 目空，这 9 目空地确实是 100% 的属于它了。而白棋所控制的带"×"范围，大约有 42 目的样子。

尽管以后未必能全部属于白方，但白方行棋效率却是黑棋的 5 倍，凭借决定性的优势压倒了黑棋。

所以，想进一步提高行棋的效率，我们还要懂得，怎样使棋与棋之间能保持适当的距离。看到这里你也许会问：怎样才算是适当的距离？如果你在看书时能够不断提出自己的疑问，绝对是一种值得鼓励的好习惯。刚才这个问题你将会在后面找到答案的。

练习题十四

使用 4 种不同的方法，用 4 颗子在棋盘的边角上各围出一块 20 目左右的地盘，要求尽量能够成为无法打入的实空。

第三节 布局的初步和定式的概念

我们在前一节所提到的提高行棋效率的概念，其实就是围棋布局中要掌握的一部分基本要领。而一盘棋从开始到结束，一般都会经历3个阶段：布局、中盘和收官。在了解围棋布局的常识前，我们来复习一下前面所学习的内容：

① 下出的棋子要能存活下来；（图3-1）

② 要懂得怎样提高行棋的效率，就要先懂得什么是"金角、银边、草肚皮"；（图3-1）

③ 自己的棋与棋之间保持适当的距离，可以进一步提高行棋的效率。（图3-2）

我们记住了这3点，就可以开始学习围棋的布局了。

围棋的布局阶段，就像是兴建一幢大厦以前，必须先要打好地基那样。棋子高低位置的搭配，布局的构思是否合理，都会直接对将来的对局进程产生极为深远的影响。

两个棋手在对局的最初阶段，很多时候都会在角上进行激烈的争夺战，通常双方都感觉到自己已经取得了较合理的结果后，就会暂停这个角部的战斗而开始下一个角部的争夺。

双方在角部的棋子，经过互相接触后所形成的棋型，我们通常称之为"定式"。而4个角部都大致定型后，基本上布局阶段就结束了。

第四节　部分常用定式

本书因篇幅有限，只简单介绍几个常用的定式，如果读者希望多了解有关定式的知识，可以找一些专门介绍定式的围棋书籍来看。

一、星定式

定式1

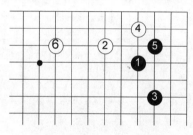

（图 3-3）

这是一个典型的挂角后双方两分的星定式，另一种下法如参考图：

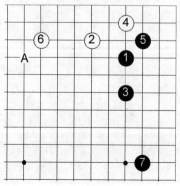

（参考图）

这种下法以现在的观点来看，黑棋有两个不利的因素，一是落了后手，二是黑7的位置过疏，因此已经较少人采用了。另外还有白4拆在A点，省略白6，而黑棋也省略5、7两手棋，白棋因此保留有点角的手段。

定式2

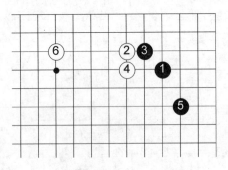

（图3-4）

这样的定式也是两分，但现在认为黑角有太多被利用的地方，因此已经较少人采用了。

定式3

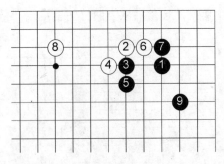

（图3-5）

看上去似乎黑棋有优势，其实还是两分的棋型。

定式 4

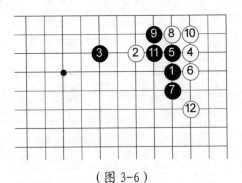

（图 3-6）

如果黑棋想取得先手，这个定式下到这里就可以了。

二、小目定式

定式 1

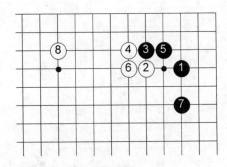

（图 3-7）

标准的小目定式，双方在这里今后都不会有什么大的变化了，可以说是一个标准而又乏味的定式。

定式 2

相对刚才那个定式的乏味，这个定式看上去简单，其实今后双方短兵相接时，可能产生让你想象不到的惊人变化，这也是围棋带给我们无限魅力的地方。

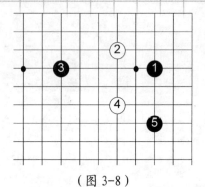

（图 3-8）

定式 3

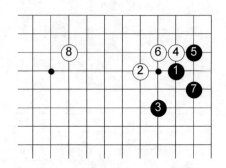

（图 3-9）

又是一个两分的标准棋型，今后的变化不会太多。

定式 4

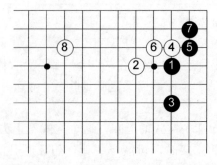

（图 3-10）

这个定式双方都将棋子的效力发挥到了极限，黑7所处的位置对白棋构成了一定的威胁，今后可能会有一些有趣的变化产生。有些时候，本图和上图的白8也会少拆一路，这样做的好处是，将来被黑棋在旁边紧逼时，白棋可以不必补棋。

三、三·3 定式

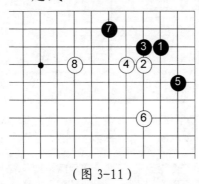

（图 3-11）

这个定式白棋还有一点缺陷，所以感觉黑棋稍有利。

四、高目定式

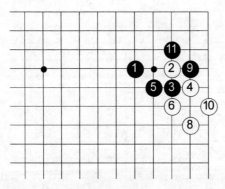

（图 3-12）

黑棋取实利与白棋取外势的对抗，白棋取得先手，两分。

五、目外定式

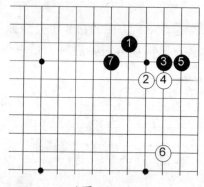

（图 3-13）

白棋为取得先手可以考虑脱先，不过因为黑棋的位置太好，白棋总有一种不踏实的感觉。

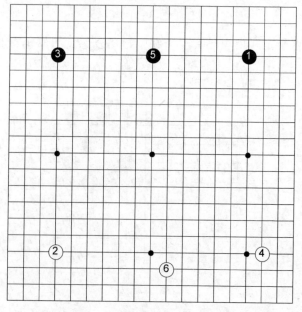

（图 3-14）

每一局棋的布局，都是由类似上述的定式所组成。那么，布局的类型又是怎样定义的呢？如果谈到布局的类型，那倒不是指4个角的定式都要完成，而是指双方最早下出6、7手棋后所形成的局面。如图3-14所示。

棋盘上的黑棋是"三连星布局"，白棋是"中国流布局"。

三连星布局前3手棋都占据了一边的星位，其战术意图是快速占据制高点，形成一种可以对中腹地带产生较大影响的布局。日本的武宫正树九段是目前世界上对这种布局研究得最深，运用得最好的一名棋手。

中国流布局是在中日棋手在20世纪70年代交流时，由当时中国最好的棋手，后来的中国棋院院长陈祖德创造出来的。这是一种实利与中央都可以兼顾的布局，据说这种新布局的出现，一度扭转了当时中国棋手对日本棋手战绩不佳的局面。再看下图（图3-15），这是上世纪末出现的一种新式布局。

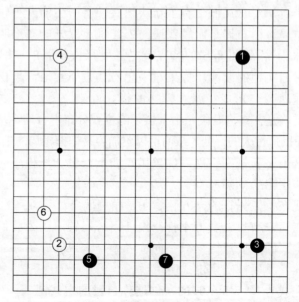

（图3-15）

当围棋发展到一定时期后，随着新战术的不断出现，以及人们对先行有利的局面有了新的认识，使得黑棋的贴目数字越来越高。如最早期黑棋是不贴目的，大约在上世纪四五十年代时，日本棋手发现黑棋的胜率实在是过高了，经过一番研究后，决定同级别棋手在对弈结束后，在计算胜负的时候要给白方增加4目，这也就是最早的贴目制。不料经过几十年的实验，发现黑棋的胜率还是太高了，就又一次改成了贴5.5目（多出的0.5目的主要用意，是最大限度减少和局的出现）。一直到了本世纪初，在各类大型比赛后经过总结，认为黑棋的贴目还是不够，于是各国又开始了新一轮的贴目改革。日本和韩国的新规则是贴6.5目，中国的新规则是贴7.5目，而台湾的应氏规则是8点（应氏规则是计点制，8点相当于8目。）

而图3-15中的新式布局，就是近年来人们在贴目制度不断改变后，对布局概念有了新认识后，所产生的一种较为流行的布局。白布局是比较普通的二连星，黑方的布局叫"变向小林流"，黑棋布局的特点就是速度极快扩张的同时，又不忘占据实地的要津。如果对手想与其争夺实地，黑棋马上能迅速改变，形成扩张大模样的棋。

这就是在布局阶段，由于棋子的位置分布得合理，从而带来了行棋弹性大的好处，从而可以更加容易把握棋局的主动权。

这也是新规则出现后，黑棋需要下得更加积极主动，由此而催生出来的新布局。

现在执黑先行的一方胜率还是稍稍偏高。

在这一节里，我们不打算出任何练习题。因为我们介绍围棋定式的主要意图，只是向读者做个大致的介绍，非常希望初学者不要被围棋定式所束缚。

定式也是人下出来的，创造你自己的定式吧。

第四章　行棋的基本手法

天台牧童戏道士

天台县城西北20里处有座桐柏山，公路通至山脚，沿着石阶铺成的山路，登上山顶。此地正是中国道教南宗发祥地——桐柏宫。

桐柏宫为唐代景云二年（711年）著名道士司马承祯所建。

司马承祯（674~635年），字子徽，洛州人。少好学。21岁入道，后隐于天台山。在天台山，他开始传"主静去俗说"，弘扬正义道，声显海内。武则天、唐睿宗、唐玄宗闻其名，先后3次召其入宫有待。他博学多才，擅长气功、书法，又善博弈。至今民间还流传着他与牧童下围棋的传说。

司马承祯修道之余，常以弈棋为娱乐。可惜宫中道士都不是他的对手，故弈趣不浓。后来他打听到离宫不远的山村，有一户围棋世家，于是派道徒前去邀请。恰逢其儿子外出，白发苍苍的老人正在犹豫中，正巧小孙子放牛归家，自告奋勇要去对阵。老人吩咐道："此人是皇上尊崇的高道，千万不能赢他的棋子。"

司马承祯看来者竟是小孩，心里有几分轻视，便对牧童说："我让你二子"。牧童"唔"了一声。才走几着，司马承祯便觉得牧童的棋思敏捷，落子神速，不同一般。他攒眉苦思，才能勉强应付一子。牧童见道士举棋不定，慢慢吞吞，等得急了，就自去嬉戏了，回来看对方已投子了，就很快地回敬一子又去玩了。进入中盘扭杀，牧童包围了道士的"大龙"，眼看要吃掉对方，却又让子使它逃跑。棋收盘后，牧童以一子告负。当日，司马承祯设素斋招待，并派小道送他回家，邀请他第二天再来。

第二天，牧童带了个毽子去桐柏宫。这次司马承祯不敢小看他了，对他平等对弈。司马承祯每下一子，反复琢磨不已，估计万无一失，才投子棋盘。谁知牧童落棋仍然神速，有时等得急了，就到台阶下去踢毽子。至中盘，牧童妙手迭出，弄得司马道士无法解策。牧童采用杀杀放放，并放冷手让对方活棋。比赛结束，牧童又正好输掉一子。司马道士十分吃惊，自知棋力不如牧童，料定是对方在让棋，才明白牧童的棋艺深不可测，不觉肃然起敬，即吩咐左右摆出上等素斋款待，邀请他过 3 天再来弈棋。

3 天过后，牧童进宫，只见棋枰早已摆设端正，旁边堆放新鲜水果，如待嘉宾。司马承祯对牧童说："上两次你没放开手脚，这次你该杀就杀，该赢就赢，才是好棋风。"牧童觉得让棋太拘束了，倒不如厮杀，图个痛快，便把爷爷的嘱咐忘置脑后。

棋至中盘，牧童已将司马道士杀得大败，司马道士见大势已去，只好推枰告负。在旁道士无不赞许牧童棋艺高超。当夜，司马道士留牧童住宿，再设盛宴招待。

次日，司马承祯陪牧童返家，登门拜师请教，遂与牧童及其父亲，结为棋友，不时磋商棋艺。

第一节　行棋的着法名称

在实战的对局中，我们要学会安定自己的棋，同时要学会攻击对方。而在对方攻击自己时要知道怎样逃跑，这样就要我们掌握一些行棋的攻防技巧。以下的概念我们在第一章里有过介绍，我们现在结合当中陆续学过的内容，再将这些概念复习一下。

● 拆开

还记得我们在前面提到过的，棋与棋之间的距离有多远才算合适这个问题吗？

一般棋的拆开有一定的规律：立二拆三、立三拆四，但一般到此就应该打住，而不应该一成不变的立五拆六、立六拆七等等。这要根据周围自己的和对手的棋子配置情况来作决定。如图 4-1。

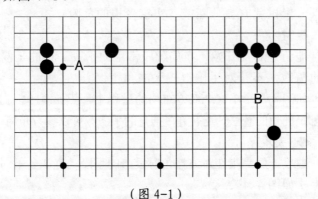

（图 4-1）

图4-1中的A、B两种棋型就是比较合适的拆开距离。但假如旁边有白棋紧逼的情况下，就不要拆开得那么远了。

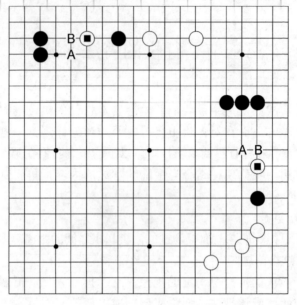

（图 4-2）

如图 4-2，被白□一子在这里打入，或是在 A、B 等地方打入，黑棋就有被分断或者实空受损的危险。

● 挂角

挂角是对局开始，布局阶段常用的手段，目的是侵分对手的角地，不让对手围得较大的角空。

如图 4-3，在这个双方布局的过程中，黑 5、19，白 12、26 都是挂角的着法。还有许多挂角的手法，可以参考布局一节。

● 夹攻

夹攻一般是指在对方挂角时反击的手段，有许多不同的夹攻手法如图 4-4。

本图的白 6 和黑 17，都属于布局阶段的"夹攻"手法。在行棋当中应该采取怎样的挂角、哪种夹攻，要根据全盘的情况决定。

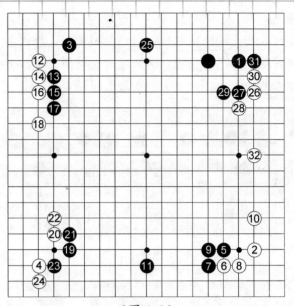

（图 4-3）

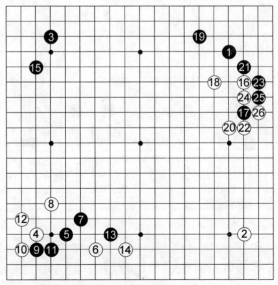

（图 4-4）

● 跳

当打入敌人的阵地时，在自己的棋被别人攻击之中，如果不能就地成活，就要想办法快速而轻灵地脱身，不至于被别人全部吃掉，而常用的手法就是"跳"。

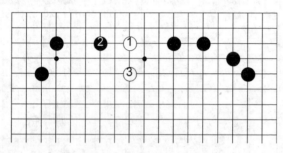

（图 4-5）

白 1 打入，黑 2 紧逼，白棋没有拆二做活的余地，只好采取向外逃的方案，使得黑棋想全部吃掉白棋那么容易。

● 镇

"镇"是攻击敌方逃离时常用的手段，主要意图是挡住敌方逃跑的路线，掌握攻击的主动权。

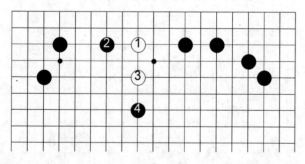

（图 4-6）

白 3 跳离时，黑 4 迎头拦截的手法就是"镇"。

行棋的基本手法

● 搭

在对方的棋子并排处下子，紧贴住对方的棋。

图4-7中的白5、7二手棋就是"搭"，也可以叫"靠"。可以看到，寥寥几着棋后，白棋已经有了眼型，有做活的希望了。

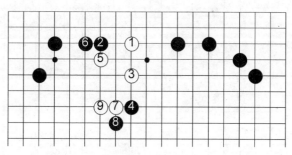

（图4-7）

● 飞

飞的棋型很像中国象棋中的"马步"，其作用和跳差不多。

图4-8中的两组黑子，2颗黑▲子之间的关系，还有2颗黑■子之间的关系都是"飞"。

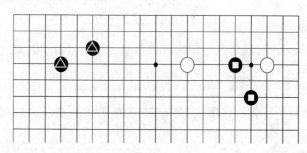

（图4-8）

● 尖

指同一方的两颗棋子，在同一四方格时处于对角状态时的名称。"尖"的最大特点是难以被分断，缺点是步调慢。

图4-9中的黑1与黑3、或者黑7与黑9彼此的位置关系就叫"尖"。

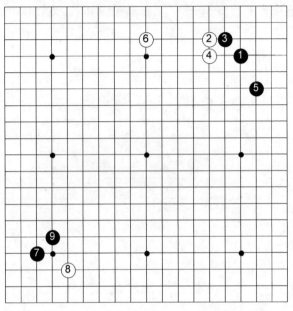

（图4-9）

● 大场

在布局阶段有些价值比较大、双方都希望占领的要点就叫"大场"。

图4-10，这是布局中常见的局面，轮到白棋下，这时候A、B位的挂角，C位的守角都是价值很大的点，它们都是大场。

● 打入

进入敌人的势力范围内并争取活下来或者逃出去，这样的招法就叫"打入"。

继续图4-11，走到白20，黑棋不希望白棋下面的阵地再扩大，果断采取措施进入白阵，黑21的手法就叫"打入"。

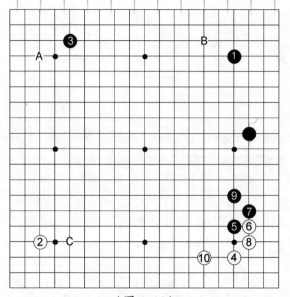

（图 4-10）

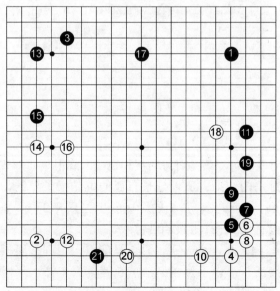

（图 4-11）

第二节 对 杀

● 对杀

是围棋当中一个极为复杂的课题，双方的棋子互相纠缠在一起，谁都没有眼位或只有一只眼的情况下，必须杀死对方的棋才能生存，这种情况就是对杀。

图4-12，还记得前面图2-125讲过的"接不归"的例子吧，当黑棋连续在A、B、C连续冲断后，双方都没有足够的眼位了，这时候这里的黑▲10个子和白□9个子其实就是处于一种"对杀"的状态。

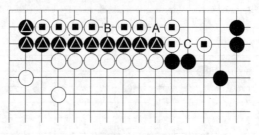

（图4-12）

● 长气

在对杀时计算清楚对方的气和自己的气很重要，气的长短决定了对杀的结果。所以延长自己的气是很重要的。

图4-13，黑先。角上的黑棋看上去只有3气，白棋有4气，黑棋有什么长气的妙手吗？

图4-14，黑1曲一手，白2只能点，否则被黑棋下在这儿就直接活了。以下黑3夹，黑5渡至黑7打，从慢一气变成快一气，实在是意想不到。

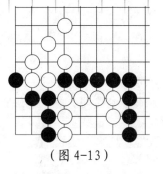

（图 4-13）

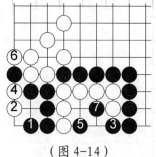

（图 4-14）

● 紧气

在与对方对杀时，既要学会长自己的气，同时要缩短对方的气，在上图中，黑 3、5、7 就是紧对方气的手法。

练习题十五（全部黑先下）

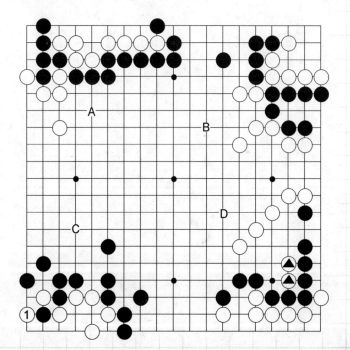

A. 黑先：左上角的对杀黑棋似乎处于劣势，真是这样吗？

B. 黑先劫：右上角的白棋有个大眼，但棋形有毛病，黑棋应怎样下？

C. 角上白1打吃，希望可整体活棋，黑棋怎么应？

D. 吃掉白△二子，黑棋就可以全体获得安定，怎么吃法？

第五章　收　官

弈秋败棋

战国时候，约定俗成地把 8 月 4 日定为下棋日。这天下棋，对于输与赢的结果，都带有一些迷信和神秘的色彩。说赢者可以终年有福，输者可能遭疾病之灾。所以，每年到了这一天，任何人都不与弈秋下棋，怕输了棋而招致不幸。

有一年 8 月 4 日，忽然来两位不速之客，姓周，是兄弟俩。他们一个会下棋，一个会吹笙，会下棋的那位要求与弈秋比试比试棋艺。弈秋听到后，高兴异常。因为弈秋是个棋迷，每年的 8 月 4 日，是最难受之时。今听说有人愿与自己对弈，怎能不欣然应允呢？

弈秋与外地人对弈的消息，在满城传开，许多观众从四面八方涌到对弈坪，要看今日谁操胜券。

弈秋与来客互报姓名后，就摆开了棋盘，黑白分明的棋子透出一股杀气。弈秋看着对方的棋路，知道来者非等闲之辈，从布局上看，进与退，取与舍，攻与守，纵与收，都安排得周密细致，确能看出对方棋艺精湛之处。但弈秋也发现对方求胜心切，棋局上溢出躁动不安之气。于是，心中暗暗叫喜，自觉胜过对方并非难事。

正当棋下到决定胜负的时候，旁边却传来了笙的优美旋律，如同温柔的春风，爱抚着弈秋，接着乐音又急促地转变成厚重的节拍，如地下水窒息在黑暗的岩层，呜呜咽咽艰难地流动。弈秋听着音乐下棋走了神，竟难以进入棋的境界，不知走哪着棋好，而对方反倒更为冷静，求胜心切的躁动渐渐消失了，结果弈秋终以失败告终。

弈秋输棋的事在城内引起了一阵骚乱。弈秋心虽不服输，但已成为事实，他也不得不像其他人一样，为了免除输棋会带来的灾难，拔下头上一缕头发，面朝北辰星，祈求它赐予长命百岁。

此后，弈秋经常说起此事，对自己的学生讲，学棋要专心，下棋也得如此啊！

第一节　官子名称的由来

　　"官子"是围棋的专门用语。中国古代有大量关于围棋的文献，但官子一词最早出于何处，至今还无从考证。一般认为，在明朝以前，官子是专指围棋棋局后期着法的术语。明万历进士王思任的著名文章《弈律》在讲围棋的着法时，有"凡正着官着，须一递一着"的句子，在讲棋局临近终了，棋手不小心将自己棋子的气填满，因而被对方提掉的情况时，有"官着自满"的句子。这里所说的"官着"，就是指的官子，它说明了官子一词指棋局后期着法的本意。

　　在中国古代的诸多围棋谱中，以"官子"提名的只有两种，一种是明末过百龄和曹元尊合编的《官子谱》，但此书只存目录，不见传本。另一种是清康熙三十三年出版的、由陶式玉根据作者过惕生等所作《官子谱》主持厘定辑评的《官子谱》。陶式玉的《官子谱》讲官子，但这时的官子一词又有了新的含义。

　　陶式玉《官子谱》所讲的官子，实际上是指围棋的各种战法，包括断法、渡法、侵法、活法、收法、弃法和劫法等等。以官子来指围棋的各种战法，这在当时是为棋手们熟悉和理解的，但现代棋手对此却会感到迷惑。

　　现代围棋较之古代围棋有了很大的发展，各种新理论、新概念不断产生，术语也越来越多，官子一词又恢复了它的本意，但内涵却更加丰富。现代棋手根据新的围棋理论，用官子来说明棋的价值和棋局的发展进程。

　　现在来看《官子谱》，谱中的各种战法其实就是各种战术手筋，包括攻防手筋、死活手筋、侵分手筋和官子手筋等

等。在现代围棋中手筋和官子是两个不同的概念。现代围棋研究手筋的功能，手筋用在官子上，就是官子手筋。现代围棋研究官子的棋形和价值，基本的官子棋形及其分类，就是所谓的常用收官类型。

现代围棋与古代围棋在官子的含义上有很大的差异，但有一点是相同的，这就是官子是围棋的一门重要技术，是棋手克敌制胜的武器。

第二节　官子的分类

官子有 3 种类型：第一种是双方后手，无论哪一方下的结果都是后手。第二种是双方先手，无论哪方下都是先手。第三种是单方先手，一方下是先手，另一方先下是后手官子。

● 后手官子，其实就是一方先走一步得利后，无法再继续得到更多利益的官子。

● 双方后手：无论任何一方下在哪里都是后手的官子，叫做双方后手官子，是 3 类官子中价值最低的一种。对于双方后手官子的收官原则应该说最简单，也最容易理解，即先大后小。

图 5-1，这个局部无论是白棋走 A 位扳，还是黑棋走 B 位扳，对于双方而言都是价值很小的后手官子。

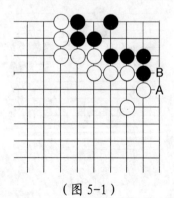

（图 5-1）

● 先手官子：即是除去了本身这手棋的利益之外，对方若不应时，它还有下一着能取得更大的利益的手段，所以对方不得不应，否则会遭受更大的损失。

● 双方先手：任何一方下在那里都是先手的官子，是官子种类中价值最高的一种。因此，在收官阶段时要首先占领此类官子。

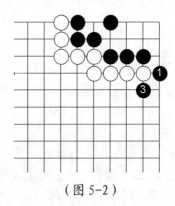

（图 5-2）

上图（图 5-2）中，黑 1 扳，白 2 如果脱先，黑 3 进入后令白空大损。

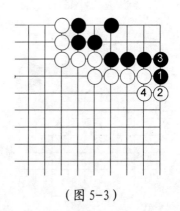

（图 5-3）

如图 5-3，于是，白 2、4 只能挡住，被黑棋先手得利。如果这里换成白棋先在 3 位扳，黑棋也同样只好后手挡住，这是双方先手的例子。

图5-4，黑棋在A位扳是先手，反之白棋在B位扳就落了后手，所以，这里是黑棋单方先手的例子。不过，如果白棋抢先在B位扳，不给黑棋走先手的机会，我们称之为"逆先手"。

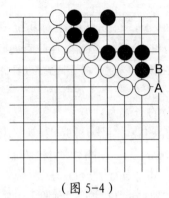

（图5-4）

第三节　官子的大小

　　无论哪一种官子，首先都必须对其价值有个初步认识，如果无法判定官子的价值，就难以在收官时作出正确的决定。

　　围棋的最终胜负是以双方各占地域的多少来决定的。棋盘上共有361个交叉点，在不考虑黑方贴子的前提下，占到交叉点超出180.5个的一方为胜方。占领交叉点共有两种方法：一种是用棋子本身占据。另一种是用棋子围出的地域来占据的，棋子围出地域的交叉点叫作"目"，目的数量叫作"目数"。

　　另外，在对局时常常有提子的问题出现，那么提子的交叉点如何计算目数呢？提掉对方一子，敌方棋子所占的交叉点就少了一个，而己方则多了一个。因此，每提掉对方一子时，就应该多加算1目，也就是说等于2目。

　　图5-5，下图是一个双方先手的例子，我们一般简称为"双先"。

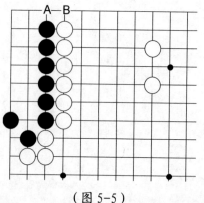

（图5-5）

如图5-6，对于双方来说，白先走 A 后，黑角要在"×"
位挡接，白棋得到先手 2 目的利益，而黑先走 B 也是一样，
这个地方的官子就是"双先"4 目的价值。收官时，这种双
先的官子一般都是优先考虑的对象。

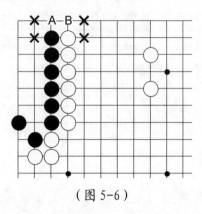

（图 5-6）

图 5-7，图中的白棋下在 A 点或者黑棋下在 B 点，对双方
来说都是落了后手。

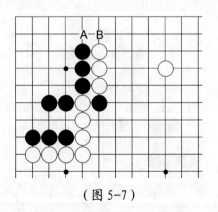

（图 5-7）

图 5-8，假设是黑棋先走进行到黑 3 后，正常情况下白棋要在 4 位补棋，这样白棋可以围得带"×"印记约 12 目棋。

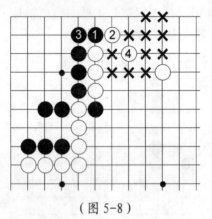

（图 5-8）

如图 5-9，如果白 4 脱先，被黑 5 夹进白空，白 6 只能虎补断点，进行到白 10 后，可以看出图 5-8 的 12 个本来属于自己的"×"点几乎荡然无存，白棋的损失肯定已超过 12 目。就算白 6 采用强硬的下立手段，结果只会更糟。

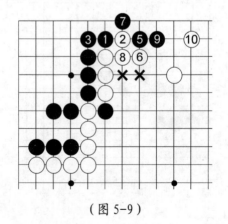

（图 5-9）

收官

图 5-9 只是白方单方面损空 12～13 目，而图 5-10 进行到黑 13 提时，白棋自身的损失已经超过前图了。

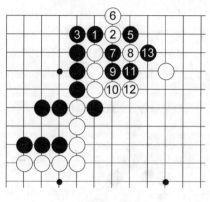

（图 5-10）

续前图，本图（图 5-11）至白 20 时（黑棋还有 A 位冲的先手权力），与图 5-9 比较，可以看出除了白棋自身再多损几目棋外，还被黑棋围得 6 目棋。两者相加，本图被黑棋得到的官子便不少于 22 目。

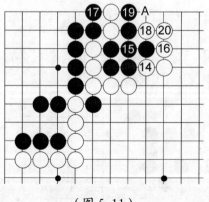

（图 5-11）

147

所以，黑棋在图5-8中虽然落了后手，但因为还有图5-9的后续手段，所以图5-8中的黑1、黑3两手官子，我们可以称之为"后中先"。

图5-12中，换成白棋先走，同样也是白棋的"后中先"官子。白棋在A位夹也成立，这里的官子价值大约是12目。如果没有其他更大的官子，黑棋就要考虑补角了。

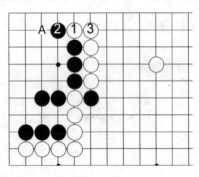

（图5-12）

● 单方先手：一方下是先手官子，而另一方则是后手官子时，对前者来说是单方先手官子，对后者来说就是逆先手官子。无论是单方先手还是逆先手，只有先后手的差别，目数都相同。

图5-13中，对于黑棋来说，走A位扳是先手5目，对白方来说，走B位扳是逆收5目。

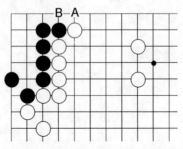

（图5-13）

图 5-14 中，黑 1 扳后围得"×"位 1 目地。

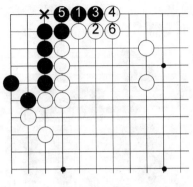

（图 5-14）

图 5-15 中，白 1 扳后可多围得"×"位 4 目地，与上图比较，出入共为 5 目。

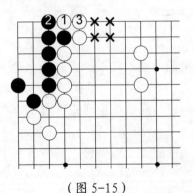

（图 5-15）

● 以上所提及的各种官子，都是对各自地域、目数可以产生影响的，另外有一种官子，是在双方地域已经完全定型时下出的，不会使任何一方目数产生变化的官子，我们称之为"单官"。

如图 5-16 中的 A、B 两个交叉点，因为没有任何目数价值，所以叫做"单官"。在日、韩两国的规则中，因为是计算目数决定胜负的，所以终局时不必走单官。但对于中国规则和应氏规则来说，由于计算胜负的基础是建立在"子地皆空"这个概念上的，所以单官也要走完。

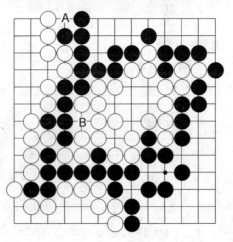

（图 5-16）

不考虑棋型的发展，过早地将先手全部下完，就会失去变化的"味道"。有时棋手为了保留劫材和余味，往往不愿意将先手占尽，这时就会产生逆先手官子。在某种特定的场合下，虽然是先手，却需要保留，这里包含了很深奥的道理。而要了解其中的一点点奥秘，必然需要下很大的功夫才有可能。

练习题十六

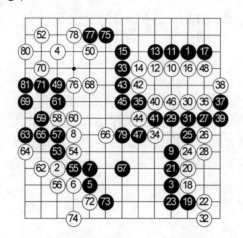

　　这是一个 13 路棋局下到收官时的局面，轮白走，怎样才是收官的最佳次序？

附：横说三棋

与围棋可以形成比较的是中国象棋和国际象棋，它们一并成为世界 3 大棋。中国象棋和国际象棋究竟是产生于中国还是印度，目前暂时还是颇具争议的话题。只有围棋公认是产生于中国，是地地道道的"国粹"，而围棋本身也浓缩了最多的中国文化精髓。

如果要探讨围棋与两种象棋的区别，可以先从外形上做一个比较。

首先是棋具不同。国际象棋的棋盘由 64 个方格组成，中国象棋棋盘由 30 条线构成的 90 个交叉点组成，前者的棋子落在方格上，后者的棋子落在交叉点上。围棋的棋盘，由纵横 19 道线组成，盘上 361 个交叉点，棋子落在交叉点上。从中可以看出围棋与中国象棋倒是更接近，都落子在交叉点上。国际象棋的运子路线由方格构成，中国象棋和围棋的运筹路线由线构成。国际象棋和中国象棋都是 32 子（"兵种"构成不同），但国际象棋棋子立体象形，中国象棋以中国汉字表明棋子"身份"，而围棋 361 子除分为黑白两色外，每个棋子形象、大小完全一样。从立体象形到文字说明，再到完全取消棋子"身份"，人们的思维走的是一条从具体到抽象的路，也就是说三棋在哲学高度上的排序为：国际象棋——中国象棋——围棋。棋盘上的落子点：国际象棋 64 点——中国象棋 90 个——围棋 361 个，越来越多，也就是说变化越来越复杂。对局时，象棋的棋子越走越少，而围棋的棋子却是越下越多。

其次是棋规不同。中国象棋和国际象棋都是走棋，棋子在棋盘上移动，只有围棋在落子之后至终局，棋子都是在原来位置。既是"走棋"，从哪里开始起步呢？于是中国象棋和国际象棋都涉及了原始阵型，于走棋之前先讲棋子放置在原始阵型的位置上。围棋是下棋，开局之前所有的棋子都装在棋罐里，下完一子再在罐里取一子。中国象棋红方先行，国际象棋白方先行，围棋执黑者先行。

象棋各子分工不同，有强弱不分，有等级之序，棋手运用战术时有固定的倚重模式（国际象棋倚重"后"，中国象棋倚重"车"）；独围棋各子完全平等，棋手只能临时决定取舍，谋划缓急。从棋子的配置中，我们可以感觉到国际象棋和中国象棋有浓厚的封建专制色彩，而围棋的棋子特点而言，它们的每个子都处于平等的地位，都有成为制胜一着的可能，符合现代民主精神。

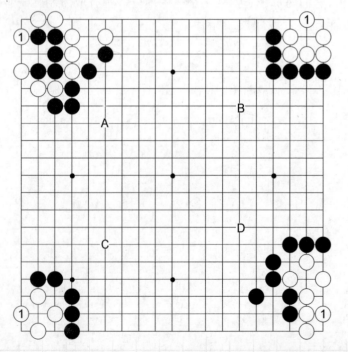

习题答案

练习题一（填空）

1. 围棋的棋盘上，共有 <u>19</u> 条横线和 <u>19</u> 条竖线交叉形成了 <u>361</u> 个交叉点。

2. 围棋盘上共有 <u>8</u> 个叫做"星位"的交叉点。处于棋盘正中心的那个交叉点叫做"<u>天元</u>"。

3. 通常棋盘最外面的那条边线也叫做<u>一线</u>。

练习题二（全部白先下）

A. 白1在此打吃是惟一的一手。

B. 白1是眼形的要点。

C. 白1是做活的惟一方法。

D. 想做活就不能贪心，白1是正着。

练习题三（全部黑先下）

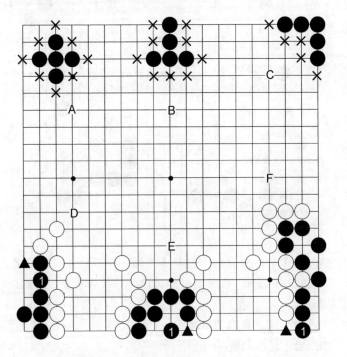

A. 八气；B: 九气；C: 五气。

D-F. 全部要走在1位，是活棋的惟一要点。想贪图便宜下在"▲"位的话，必然会留下被白破眼杀棋的隐患。

练习题四（全部白先下）

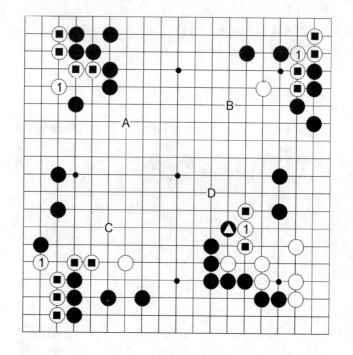

A. 白1虎，白口四子的断点受到保护，全体得到安定。

B. 白1接，一队白子能够保持继续作战的机会，如被分断，生不如死。

C. 白1虎，缺陷得到弥合。

D. 白1接，只此一手。

练习题五（A白先　B黑先　C白先　D黑先）

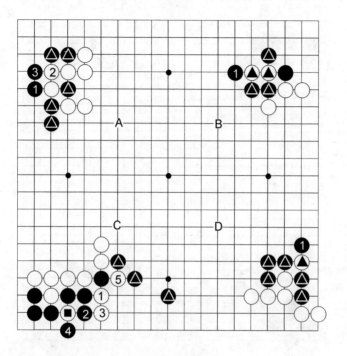

A. 黑1在二路打，白2只能选择接，黑3渡回。

B. 黑1打吃，白△二子被征死。

C. 白1击中要害，黑棋只能选择保住角地，白5提掉一子后，黑▲三子被割断，边空被破。

D. 黑1打吃白△一子，整体成为安定状态。

练习题六（A黑先　B白先　C白先　D白先）

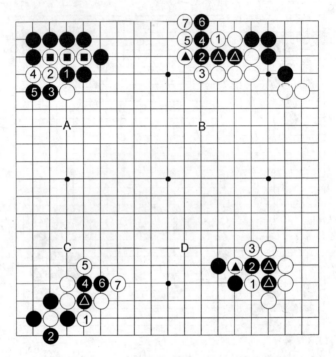

A.　黑1打，白2、4想跑掉，可是黑3、5彻底粉碎其希望。

B.　白1打，黑2、4、6的出路早已被白△封住，逃亡计划失败。

C.　白1弃掉角上一子在这边打吃，黑4想逃离的愿望被白棋的征子好手所粉碎。

D.　白1打在这里，漂亮的手筋。黑2看上去像是在双打白1和白△二子，可惜被白3抢先一步连根提掉。

练习题七（全部黑先下）

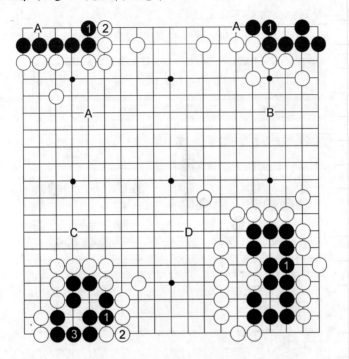

A. 黑1立，是正着，角地可以围出4目棋。当然，如果走在A位也能活棋。但被白棋在1位扳接后只剩下2目，净损2目棋。这里要注意的是，决不能贪心先走2位扳，否则被白棋在2位扑，4位点，已做不出2眼。变化图如下：

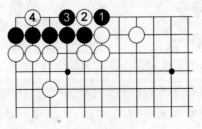

（变化图）

少儿围棋初级教程

B．黑1单接，白在A位挡住是正常着法。黑1不能先走A位，否则会被白棋下在1位扑杀。

C．黑1团，白2接，黑3接是正常应对，留意黑1、3的次序不能搞错，否则黑大块被杀。

D．黑1接，简单做活。不然被白棋在1位开劫，此劫白轻黑重，黑棋有大麻烦。

练习题八（全部黑先下）

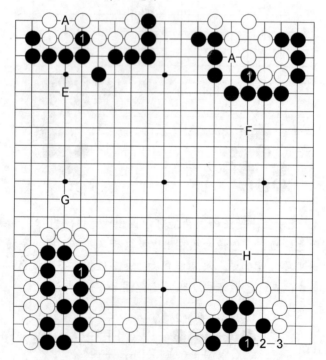

E．黑1挤，A位变成假眼，白棋全灭。

F．黑1破眼是正着，如果先走A位，白棋在1位接成活。

G．黑1做眼之此一手。

H．黑1做眼，走2或3位都是自寻死路。

练习题九（A黑先　B黑先　C白先　D白先）

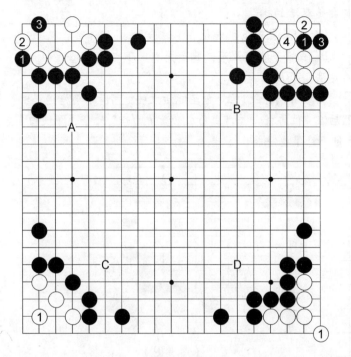

A. 黑1扳，白2挡，黑棋在3位点，白角被杀。这个棋形是有名的"大猪嘴"。其后情形如变化图，进行至黑7，白角只有一只眼。

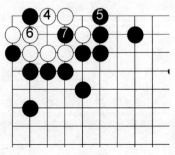

（变化图）

B. 黑1顶，这里才是白角棋形上的要点。以后不管怎样下，都会是双活的棋。

C. 如果黑先下，也是在1位杀角。

D. 白1下在这里有点出乎意料，但也是只此一着。看看其他走法是否成立。

如参考图，白1立，希望能活大些。可惜事与愿违，黑2托，然后在4位再托一手，白角成"盘角曲四"死型。即使白1先走3位，结果也一样。

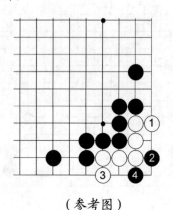

（参考图）

练习题十

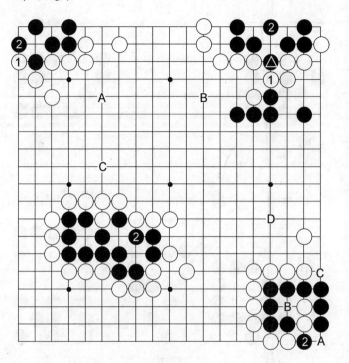

A. 黑2挡，没有其他下法了。

B. 黑2也是靠开劫才能活棋。

C. 也是打劫活。

D. 同样的劫活。需要注意的是：白1、黑2后，如果白A提，黑棋走B位，企图以"涨牯牛"杀白，自己反而会因为气紧被白在C提光。

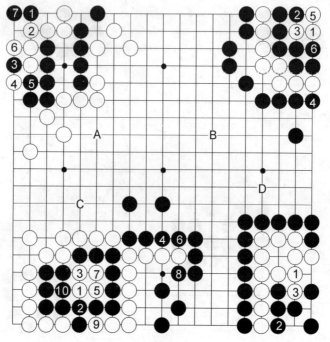

原图

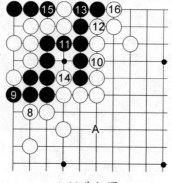

A 例进行图 1

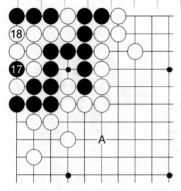

A 例进行图 2　　　　　A 例进行图 3

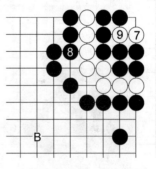

B 例进行图 1　　　　　B 例进行图 2

A. 这道题的手数长达 22 手，有决心追求真相的人才能得到答案。至白 22，可以看出答案是：黑先劫。

B. 里面黑棋的"刀把五"没有断点的缺陷，但其实只有 4 气，而一般的"刀把五"为 8 气，至白 9，白棋快一气杀黑。

C. 至黑 10，双方 5 气对 5 气，白快一气杀黑。但白 1 如果随手在 9 位打，被黑 2 下在 1 位抛劫，就会变成黑棋打劫活。

D. 白 1 如果不想自找麻烦的话，下在这里是稳妥的双活。如果白 1 先下在 2 位，黑 2 下在 1 位，双方将无可避免的开劫。虽然白棋是先手劫，但结果好坏还要看劫材是否有利。

练习题十二

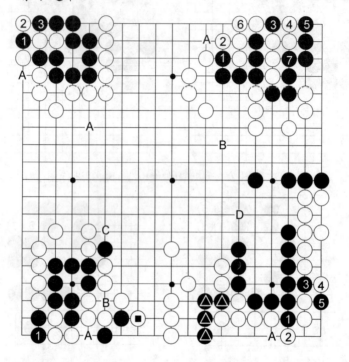

A. 黑1扑，白2提，黑3打，白棋接不归，不能在A位接了。

B. 黑1冲，白2挡，黑3先扑一手好棋。到黑7打吃时，白棋面临A位和3位两个断点。

C. 黑1打吃，白棋如果在A位接，黑棋就在B位提，也是接不归的形。

D. 黑棋1、3、5连续制造白棋一路上的断点，黑5是惟一的一手。

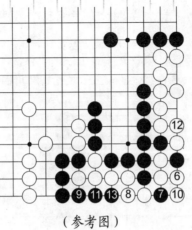

（参考图）

练习题十三

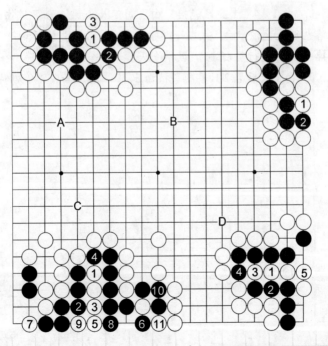

A. 白1向下长，黑2打吃，白3立，黑棋成两边不入气的"金鸡独立"型。

B. 白1拐打，故意多送一子，黑2提。

变化图：白3再打，黑▲三子被吃，黑角因只有一眼而全体被杀。

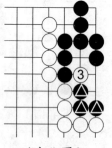

（变化图）

C. 白1打，黑2只能接。白3向下长，黑4除了封住白棋出路也别无他法。白5立在一路上，黑6因必须先提掉白一子而失掉先机，进行至白11，黑棋全灭。

D. 白1长后黑2只有接，被白3、5以后，黑成"金鸡独立"死。

练习题十四

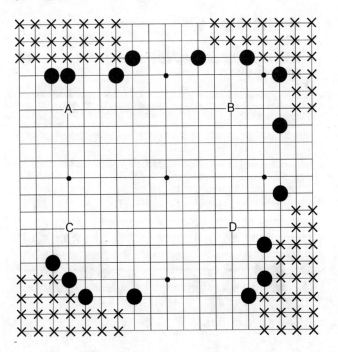

练习题十五

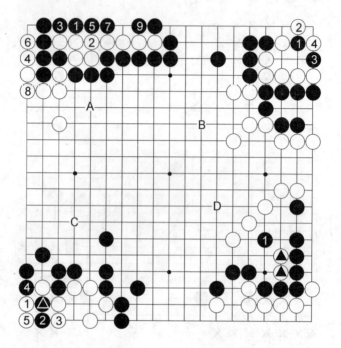

A. 黑 3 渡，白棋不能在 5 挡，只能眼睁睁看黑棋渡回。

B. 黑 1 夹，白 2 扳，黑 3 尖，白 4 扑成劫活。

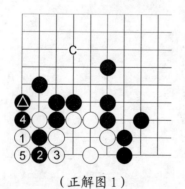

（正解图 1）

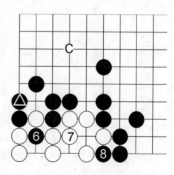

（正解图 2）

C．正解图 1：白 1 在这边打，黑 2 长，进行到白 5 提。正解图 2：黑 6 扑，白 7 企图做眼，黑 8，白棋还是不行。

D．黑 1 罩，白△二子没了出路，束手就擒。

练习题十六（白先下）

黑棋 33 目，白棋 26+7.5=33.5 目。白棋赢 0.5 目。

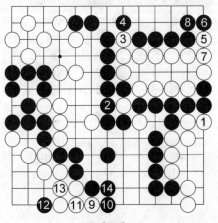

（正解图 1）

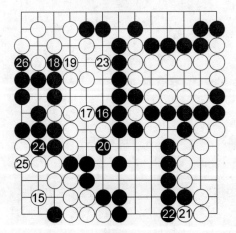

（正解图 2）

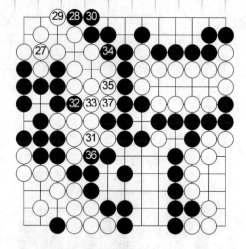

（正解图 3）

软件说明

* 系统需求
适用：PC Pentium III 700 同级以上相容机种
内存：128MB 以上
光驱：4 倍速以上
操作系统：简体中文 Windows95/98/2000/Me/XP/2003

* 研发制作
广州市高星软件科技有限公司
http://www.gzgostar.com

* 安装注意事项
　　如果您无法正常安装《围棋争霸》程序，可能
需要 Windows Install 组件才能进行安装，请到以下网
页下载最新版本的 Windows Install 组件：
http://www.microsoft.com/downloads/details.aspx?
FamilyID=889482fc-5f56-4a38-b838-de77fd4138c &
DisplayLang=zh-cn